Leka med saxar

Erika Hammarström Pedersen

© 2021 Erika Hammarström Pedersen

Illustration: Melanie Hammarström Pedersen

Korekturläsare: Lena Pedersen

Ytterligare medverkande: Tommy Friberg

Förlag: BoD – Books on Demand, Stockholm, Sverige
Tryck: BoD – Books on Demand, Norderstedt, Tyskland

ISBN: 978-91-7969-351-0

Prolog

Hans händer darrar när han injicerar sin skapelse med dödens kyss. Rädslan finns fortfarande kvar inom honom när han sakta ser livet försvinna ur de ondskefulla blodsprängda små ögonen.

Hur hade han kunnat låta det gå så här långt? Han är bara en simpel vetenskapsman och inte gud. Rädslan håller honom fortfarande kvar i ett obarmhärtigt grepp medans hans magkänsla skriker åt honom att allt är långt ifrån över...

Del 1
Kapitel 1: Grymheten

Natten är mörk och kylig. Det otäcka vädret känns så hotfullt med det kraftiga regnet och dropparna. Lika knivskarpa så som det svider till varje gång man träffas av dom. Då och då hörs även den hemska högljudda åskan som får håren att resa sig i nacken varje gång den slår till och fyller hela omgivningen av det hemska ljudet.

Men just nu så dränks de andra ljuden av mina egna flämtande andetag, det är svårt att andas. Jag bara fortsätter att springa även fast kroppen tydligt försöker meddela mig att det är nog, jag har sprungit oavbrutet enda sedan soluppgången imorse. Men jag vågar inte stanna, Inte när man flyr ifrån grymheten. Vägen som jag råkade välja i all panik verkar helt övergiven. Den är nästan igenväxt av allt ogräs och bara ibland kan man ana skymtar av marken som en gång funnits där. Det är en övergiven liten stig omringad av skogens höga nakna träd. Här kan han väl ändå aldrig få för sig att leta efter mig?

Världen känns så främmande med alla rörelser och färger överallt. Det är en sådan otrolig kontrast mot de gråa monotona betongväggarna som jag varit omringad av som fånge. Det finns inte alls många minnen kvar ifrån livet innan, även fast det känns som att det borde finnas mer. För så länge kan jag väl inte varit fången? Allt är bara så skumt. Jag undrar vad han gjorde med mig egentligen? Minnena ifrån livet i fångenskap dom finns där men det känns ändå som att dom är täckta av en svag dimma.

Varför är det som att vissa minnen ifrån källaren är bortraderade medans andra är helt klara? Han kan väl inte gått in i mitt huvud och valt själv vad jag ska komma ihåg och inte? Herregud! Jag minns ju ingenting, han kan verkligen ha gjort vad som helst med mig. Jag faller hejdlöst ner på marken och spyr innan jag sätter mig upp och bestämmer mig för att jag inte vill veta mer. Vill inte tänka mer. Vissa saker är väl bäst att inte veta? Jag reser mig upp för att försöka övertyga mig själv.

När tankarna blir svåra att ignorera börjar jag springa igen. Jag försöker övertala mig själv att jag kan springa bort ifrån allt, bara jag springer snabbt nog. Vinterns kalla kvällsluft får lungorna att verka av kylan varje gång jag tar ett andetag. Men den här gånen vågar jag verkligen inte stanna. Även fast en låg röst i huvudet försöker övertyga mig att faran nu var långt borta så kommer den lilla rösten tillbaka igen. Den känns så lugn och övertygande. Han kommer aldrig att hitta mig här. jag kan äntligen slappna av. Varför är det så svårt? Den här vägen borde ju vara säker med tanke på hur igenväxt och oanvänd den verkar. Minnena jag haft innan källaren är lite svåra att tyda. Men ändå finns det en svag känsla av att jag som liten fick höra en hel del skräckhistorier om den här skogen. Men vad skulle kunna vara värre än det jag rymmer ifrån?

*Smack!*Jävlar, löven är helt blöta och hala. Jag halkar och glider rakt ner i det leriga hålet och skär mig samtidigt på alla stenar som sticker ut ur leran. Smärtan bultar kraftfullt i knät. Chocken överrumplar mig när jag får se allt blod som forsar ut ur såret.(upprepning knät) Det har till och med lämnat efter sig en pöl på marken. Det är skrämmande att se hur mycket blod jag redan blivit av med. Det här kan inte vara bra. Jag måste verkligen hitta ett ställe nu snabbt där jag kan stoppa blödningen med något.

Jag kollar mig förfärat omkring men hela skogen känns så konstig på något sätt. Jag har inte ens fått syn på ett enda djur här. Inte ett livstecken någonstans. Rädslan gör det svårare att sortera tankarna som bara snurrar för fullt i huvudet.

stamp *stamp* Hjälp! Vad var det där? *STAMP!* ljudet kommer så nära, precis intill mig. Men jag ser ju ingen någonstans.

– Vem är där? Frågar jag vettskrämt. Rädd för vad som kunde svara. Antagligen ingen människa, inte levande i alla fall. Ett spöke kanske? Men jag får inget svar.

Istället känner jag tydligt hur någon andas tunga andetag rakt i mitt öra. NEJ, Jag måste ha förlorat vettet helt. Vad hade han egentligen gjort med mig i den där källaren? Yrseln slår till som en tornado i huvudet varje gång jag anstränger mig för att minnas något ifrån min vistelse i källaren.

Men det smärtamma minnet om hur jag kommit dit var istället omöjligt att glömma. Personen som jag hade litat mest på här i världen, Någon som jag har beundrat och sett som en förebild, min egen mamma. Varför? Hur kunde min mamma bara slutat älska mig helt plötsligt? För hade hon brytt sig om mig så hade hon väl aldrig gett bort mig till den där galningen? Det var bara plågsamt att hon aldrig skulle få veta varför eller vad som hände. Vem kan man lita på om man inte ens kan lita på dom som ska ta hand om en?

Jag behöver inte henne, jag behöver ingen. Jag lyckades rymma! Jag ska överleva det här. Jag får väl bo i den här skogen. Den verkar ju ändå så tom och livlös.

Då avbryts tystnaden av fotsteg igen, fast nu låter de faktiskt tystare och tystare. Gud vad skönt, det måste väl betyda att varelsen som så obehagligt ställt sig tätt intill och andats mig i örat är påväg härifrån? Men jag kan inte skaka av mig den gnagande känslan av att vara iakttagen av någon som jag inte ens kan se. Men paniken slår till när jag ser hur stor blodpölen under mitt knä blivit nu. Men något får mig att hastigt slita av ena ärmen på min tröja och linda in knät så hårt jag kan. Är det bara så man ska göra? Är det verkligen lugnt nu? Det är så svårt att minnas livet innan källaren. Tröjärmen blir snabbt helt röd och kladdig av allt blod, men nu forsar inte blodet längre i alla fall. Utan tröjärmen så gör kylan sig smärtsamt påmind. Kan man frysa till döds?

Men vänta lite nu? Det låter som ett svagt ljud inifrån den annars knäpptysta skogen. Vad är det där för något ljud? Finns det kanske något levande här i alla fall? Jag anstränger mig för att försöka urskilja det mystiska ljudet. Det låter som att någon spelar på ett piano. Vad lustigt! Mitt i den här skogen, kan det verkligen vara någon som spelar musik här?

Jag funderar på att springa därifrån men någonting hejdar mig. Musiken, Det låter så vackert. Jag känner hur mina fötter automatiskt följer musiken. Tonerna fyller mig med lugn och välbehag så jag ger bara efter och följer med. Tonerna får mig att känna något jag aldrig känt tidigare lycka, ren lycka. Jag kan inte låta bli att börja skutta fram av glädjen. Utan att ens förstå eller för den delen bry mig om varför.

Jag bara njuter. Snart hörs Musiken högre och högre, så jag förstår att jag börjar närma mig. Allt känns bara så härligt. Solen har börjat stiga upp ovanför mig och det gör himlen så vacker och färgglad. Vinden känns inte ens kall längre. Den blåser mig hjälpsamt lite lätt framåt och jag känner värmen ifrån solen som sprider sig i kroppen. Även fast träden är nakna så känns dom ändå färgglada. Lite sommarkänslor mitt i den kalla vintern.

Jag fortsätter att hoppa fram mot musiken samtidigt som jag fylls av självkänsla. Att ogräset och alla de farliga hålen i marken nu var helt borta känns inte konstigt alls. Den vackra omgivningen är idyllisk.

Tvekan försvinner när pianotonerna nu hörs så tydligt. Någon måste vara här i närheten? Antagligen en vacker och konstnärlig själ som kan skapa sådan här musik.

Då syntes något längre fram. Jag känner förhoppningarna och börjar springa mot det. Musiken kommer därifrån och samtidigt som jag vill höra mer så känner jag också att jag är tvungen att träffa den här människan som lyckas få mig att må så bra.

Äntligen vid slutet av vägen, där ligger en stuga...

Kapitel 2: Bebisgråt

Stugan ser väldigt gammal ut. Den ser nästan ut som att den börjat ruttna på vissa ställen. Lukten av blött damm och ruttet trä känns starkt och motbjudande. Några plankor saknas, men man kan ändå bara se mörker från insidan. Stugan ser ut att kunna rasa närsom helst. Ingen kan möjligtvis leva där.

Men ändå så hörs det tydligt att pianomusiken kommer där inifrån, så jag öppnar nyfiket och går in. Dörren ser också ut att kunna gå sönder när som helst. Den gnisslar till väldigt högt när jag öppnar den. Jag blir förvånad över att pianospelaren inte verkar ha hört gnisslet eftersom att han bara fortsätter att spela sin musik som att inget har hänt. Jag tar ett steg in.

Vad konstigt! Dethär är tydligt inte samma hus som från utsidan. Här är det mycket större och ingenting ser gammalt eller trasigt ut här inne. Inredningen är väldigt stilig och modern. Taket är dekorerat med guldiga änglabebisar. Det känns lite som ett kyrktak. Golvet har en röd matta som går igenom korridorerna och trapporna. Du kan lätt gå vilse i det här stora huset. Men även fast det ser så nyrenoverat ut så finns det tecken på att ingen har varit här på länge. Allt är täckt av ett tjockt lager med damm och det finns stora spindelnät lite här och där. Men man hör fortfarande att musiken kommer inifrån huset någonstans.

Hur kan någon vara här och spela piano när det är tydligt att ingen har gått här nyligen? Det borde finnas fotavtryck i dammet om någon hade det. Även fast jag borde vara vättskrämd vid det här laget så får musiken mig att känna mig lugn och avslappnad. Så jag fortsätter att följa de underbara tonerna, mina fötter hade inte låtit mig stanna ändå. Jag går igenom en lång och välbelyst korridor. Hela vägen så är jag omringad av dörrar på båda sidorna. Ingen av dem är den andra lik. De hade inte ens samma storlek. Ju längre in i korridoren jag går ju mer börjar golvet luta. Vad konstigt. Med tanke på inredningen så borde de tidigare ägarna ha mer än nog med pengar att fixa golvet med.

Efter en stund märker jag att det är omöjligt att stå upp rakt längre. Men det är inget problem, för nu istället för dörrar så finns det räcken på båda sidor om mig. Man kan använda dem för att balansera. Det känns ganska lekfullt när jag balanserar min väg framåt. Till och med musiken har förändrats och nu låter den mer lekfull och barnslig. Plötsligt uppenbaras ditmålade bebisfotavtryck i alla färger på golvet. Jag känner hur mina fötter nu börjar följa fotavtrycken istället för musiken. Men jag bryr mig inte. Jag känner mig bara så glatt nyfiken.

Fotavtrycken leder mig till en liten dörr. Det är en brun dörr med en guldig teddy björn som är omringad av guldiga byggklossar. Dörren är så liten att jag är tvungen att huka mig ner och krypa in genom den. Så fort jag har krupit in så kan jag höra en bebis gråta, även fast jag inte ser någon. Möblerna är ljusblå och även dessa känns sorgsna. Där finns en välanvänd byrå med ena lådan öppen. Lådan är fullproppad med bebisskor. Hur många som helst. Bredvid byrån står ett rangligt skötbord. Man ser att bordet har blivit välanvänt då tyget har börjat försvinna på vissa ställen. Ensam i hörnet på den andra sidan står en spjälsäng. Den känns så sorgsen och övergiven. Ovanför sängen hänger det en mobil med bara ledsna ansikten. Hela tiden så kan jag fortfarande höra bebisen gråta.

Tänk om han eller hon är ensam här någonstans? Med tanke på de pojkaktiga skorna så är det antagligen en pojke. Tänk om han svälter? Jag är tvungen att hitta honom! Men även fast jag letar överallt i rummet så kan jag inte hitta honom. Tillslut blir jag tvungen att ta mig ut därifrån.

Den hjärtskärande bebisgråten är mer än vad jag kan hantera.

Så fort jag har krupit ut ur rummet så upphör gråten. Och där är den där musiken igen. Jag är fortfarande ganska skärrad när jag börjar följa musiken igen. Den låter så glad, euforisk och sorglös. Jag kan verkligen behöva muntras upp just nu.

Vad var grejen med den där bebisgråten? Och varför slutade det så fort jag hade tagit mig ut ur rummet? Jag är säker på att det inte kunnat vara en bebis i det där rummet, jag kollade överallt.

Då upptäcker jag hur golvet inte lutar längre. Längre fram kan jag se dörrar igen. Jag borde nog inte gå igenom en annan dörr igen. Musiken inspirerar mig och jag börjar glädjeskutta framåt igen. Under tiden jag skuttar så börjar jag dagdrömma om kaniner som dansar till den här musiken på en grön blomsterfylld äng. Där finns en gammal kanin som har börjat förlora lite päls på ryggen, han lutar sig mot en morot och klappar glatt i takt. Kaninungarna är fyllda av energi när de skuttar runt och leker med varandra.

Smack! Jag hade ramlat med ansiktet först rakt i golvet. Chocken får mig att stanna nere på golvet ett tag. Mina händer är täckta med blod från näsan.

När hade mattan blivit så skrynklig överallt? Det kunde ju vara farligt. När jag lyfter på huvudet så känner jag hur jag fylls av glädje då jag ser att längre fram finns en öppen dörr. Alla de andra dörrarna hade varit stängda. Det måste vara ifrån det rummet som musiken kommer ifrån. Så jag reser mig upp och börjar springa mot dörren. Hela tiden så får jag hålla koll så jag inte ramlar på skrynklorna igen. Och äntligen, där är rummet...

Kapitel 3: Mannen med léendet

Längre in i rummet sitter en främling med ryggen mot dörren. Jag kan nu se att det är han som spelar piano. Precis som jag trott. Det verkar inte som att han hört mig för han bara fortsätter att spela vidare.

–Ursäkta mig, säger jag tyst.

Musiken stannar tvärt och han börjar vrida huvudet sakta mot mig. Jag får gåshud av att bara titta på honom. Han kollar på mig i några sekunder och sedan ler han mot mig.

Vilket skräckinjagande leende! Istället för vanliga tänder så har han fullt av sylvassa huggtänder i hela munnen. Synen av dessa rovdjursliknanden huggtänder får rädslan att explodera inom mig. Allting blir bara svart av chocken. Jag svimmar och faller ner på golvet.

Jag vaknar upp med en grym huvudvärk. Vänta! Varför ligger jag i en säng? Hur kom jag hit? Och vart är jag någonstans? Jag ser mig omkring. Det är ett litet rum med en liten säng och ett brunt skrivbord med en matchande stol till. Allt här känns så rent och prydligt. Man kan se tydligt att det var en pedantisk person som levt här.

Men varför är dörren stängd? Jag försöker ta mig upp men kroppen känns för tung. Jag kan inte resa mig upp hur mycket jag än försöker. Vad är det för fel? Varför är det omöjligt att resa sig upp? Paniken börjar välla inom mig. Tänk om den där mannen kommer tillbaka? Om han nu är en man över huvudtaget? Människor har inga huggtänder. Oh gud, vad är han för något? Förvarar han mig bara här så att han kan äta mig senare? Har han något att göra med att jag inte kan röra på mig?

Mina tankar blir avbrutna när dörren sakta glider upp. Den ger ifrån sig ett högt gnisslande ljud som gör ont i öronen. Det måste vara den där vampyrmannen. Han är tillbaka igen och den här gången så kommer han att äta upp mig! Jag känner adrenalinet rusa i kroppen.

Är det verkligen så här det kommer sluta för mig? Jag överlevde och lyckades rymma ifrån den galna vetenskapsmannen bara för att sluta som mat åt en vampyr. vampyrer som inte ens borde finnas.

Han tar ett steg in i rummet och kollar på mig, han har de snällaste ögonen.

– Du skall icke vara rädd min fagra tös, säger han lugnande. Han pratar så fint med brittisk dialekt men sen använder han sig av så konstiga ord. Hade jag vart i en annan situation så hade jag nog skrattat åt honom men nu är jag helt frusen av skräck. Han har en väldigt mörk och grov röst.

– Är du en vampyr? Frågar jag lite försiktigt istället. Och helt plötsligt börjar han att skratta. Han skrattar så mycket att han är tvungen att sätta sig på huk och kippa efter luft.

– Säg mig varför min tös skola jag ta hand om dig och icke ta mig en smakbit när jag läkte dina sår? Frågar han efter allt skratt.

Det är första gången jag upptäcker att varken mitt knä eller min näsa gör särskilt ont längre. Hur lyckades han med det?

– Ehm, tack antar jag, svarar jag lite tveksamt.

– Ha inga farhågor fagra flicka lilla, du har varit välkommen här länge nu, svarar han.

Det var en konstig sak att säga? Jag tar en ordentlig titt på honom. Hans utseende ser så aggressivt ut och sen är det de där ögonen som får en och känna att han aldrig skulle kunna skada någon. Han är både lång och bred, men han ser inte ett dugg tjock ut. Man får känslan av att han är ganska muskulös under sina kläder. Även fast man inte ser så många former under hans gammeldags kostym. Kostymen är brun och ser ut som något man kanske skulle ha burit under 60-talet.

Det känns lite lustigt att han är helt skallig på huvudet när hans ögonbryn är så mörka och buskiga. Men den där munnen. Jag känner rädslan slå mig som ett slag i magen varje gång han visar sina huggtänder.

– Varför har du huggtänder istället för vanliga tänder? Frågar jag tyst och tveksamt. Ville jag ens veta varför?

– Du skall icke känna oro flicka lilla. Denna skepnad fick jag efter min död svarar han.

Vänta vad? Död? Hur kunde han vara här och spela piano om han nu var död? Men jag var för rädd för att fråga. Tänk om han skulle känna sig stött?

– Vad är grejen med den där bebisgråten i det lilla barnrummet, frågar jag istället.

– Det finns icke någon bebis i detta rum längre. *suck* stackars lilla William. Det vara hans energi som han lämnat efter sig efter sin tragiska bortgång, svarar han ledset och lite drömmande.

Min första tanke är att fråga lite mer om William. Hans sorgliga öde hade väckt mitt intresse lite grand. Jag kände som någon slags koppling till den här stackars William. Men mannen ser så ledsen ut att jag inte vill göra honom mer upprörd.Jag samlar mod till mig.

– Vad heter du föresten? När dog du? Och hur gammal var du när du gick bort? Frågar jag samtidigt som jag känner rädslan i magen. Bara han inte blir arg på mig nu. Men han bara tittar förstående på mig.

– Mitt namn jag fick vid födseln var Charles Richard Finkelstein. Men efter min död började alla kalla mig för John. Jag gillar det namnet bättre svarar han med ett leende på läpparna.

–Jag föddes år 1936 och blev mördad av min svär-bror år 1963. Alltså var jag 27 år när det hände. Det är så svårt att hålla koll på allt sådant nu efter döden, tilläger han sedan.

All min rädsla försvinner nu när han visat sig sårbar. Vi sitter på sängen och pratar hela dagen. Han känns så snäll och vis, nästan som en pappa som jag aldrig haft. Jag frågar honom om allt möjligt och han har ett svar på allt. Jag berättar för honom om den där känslan som jag hade tidigare när jag gick på vägen om att jag var iakttagen. Han förklarar för mig att det bara var människor vars sorger har ätit upp dem inifrån, och som då var på väg att försvinna helt och hållet. Det enda de kunde göra nu var att smyga runt i skuggorna och bevaka. Hur var det möjligt? Stackars människor!

Även fast jag knappt har känt honom länge så känner jag mig helt trygg hos honom nu. Jag önskar att jag kan stanna och bo här med honom för alltid. För första gången i mitt liv så får jag känna på hur det är att ha någon som verkar bry sig om mig. Vilken skön känsla det är att äntligen ha någon att prata med, någon som lyssnar. Men jag får känslan av att han redan känner mig, han verkar redan veta allt om mig. Men hur? Är han en tankeläsare eller kanske bara en Stalker? Han skrattar till och säger:

– Ja faktiskt så kan jag läsa dina tankar, men jag har också övervakat dig sen du föddes. Vem tror du egentligen det var som öppnade den där källardörren så du skulle kunna rymma? Inte var det den där galningen som glömt stänga inte. Förstår du inte att jag lockade dig hit med min musik för att jag ville träffa dig? Han svarade precis på mina tankar! Tankarna står helt stilla.

– Men varför, frågar jag förvånat med stora ögon.

– Jag ville inte att du skulle tyna bort och försvinna som alla de andra. Enda sen du föddes så har jag känt din sorg. Du var den ledsnaste bebisen jag sett någonsin, svarar han.

Det här är bara för mycket att ta in på en gång. För en stund så sitter jag bara där med öppen mun och stirrar på honom. Kunde det här vara sant? Eller är det bara jag som blivit galen? Jag vet inte ens vad som var verkligt längre. Varför skulle en död man med huggtänder bry sig om mig när ingen annan gjort det?

Det är inte sant, det kan inte vara det. Fast ändå, innerst inne så hoppas jag på att det ska vara det. Jag reser mig hastigt upp och springer ut ur rummet. Dörren ger ifrån sig en hög smäll när jag drämmer igen den bakom mig.

Kapitel 4: Då allt rasar

Jag springer genom korridoren och ut ur huset. Så fort jag tar ett steg utanför så har huset förändrats. Nu är det litet och fallfärdigt igen. Vädret har också förändrats. Nu är det bäcksvart och man hör åskan mullra ovanför. Regnet öser och det tar inte lång tid för mig att bli dygnsur. Jag hoppar till av rädsla när jag plötsligt känner en hand på min axel.

När jag vänder mig om står John där. Hur kunde komma han hit så fort?

– lämna mig ifred, skriker jag så högt jag kan för att överösta åskan.

– Schh, något är på väg. Jag kan känna det i luften, viskar han i mitt öra.

Jag stannar upp och lyssnar, jag hör inte ett ljud. Bortsett ifrån mullret ifrån åskan, vinden som blåser i träden och regnet när det träffar marken. Det är iskallt och att vinden blåser håret i ögonen på mig gör inte saken bättre.

–Vad pratar du om? vad är det som ska komma, ropar jag tillbaka.

John lyfter fingret mot läpparna och ger mig ett tecken på att jag ska vara tyst.

– Men kan vi inte gå in i stugan i alla fall? jag fryser ju till döds här ute, frågar jag då.

–Icke, säger han bestämt och lägger till

–Det är någon i stugan.

Hur kan han möjligtvis veta det? Men jag får inte tid att fråga honom för just då tar han min hand och börjar springa. Utan att tänka så springer jag efter. Men det är svårt att följa hans takt och det dröjer inte länge för magen att börja värka av håll.

– Stanna! Snälla? jag kan inte springa mer, det gör så ont, ber jag med andan i halsen.

– Men det är någon som jagar oss. Jag kan känna hans närvaro, svarar han och fortsätter springa.

Varför skulle någon vilja jaga oss? Den galna vetenskapsmannen kanske? Men hur skulle John ens kunna vet det utan ha sett någon? Eller är det bara John som jäklas med mig? Men vad kan han få ut av det?

–Jag bryr mig inte längre, kan inte springa mer nu, säger jag och stannar.

– Säg inte att jag inte varnade dig, muttrar John och stannar han också.

Jag sätter mig på marken och drar en suck av lättnad. Smärtan bultar i magen. Men då ser jag hur John stirrar på mig med stora ögon.

– Du är under arrest för mordet på Keith Wild, En man kommer ifrån ingenstans och sätter handfängsel på mig. Han går bort med mig tillbaks emot stugan.

Vad är det som händer? Jag har aldrig mördat någon? Och vem fan var den här Keith Wild?

– Det här måste vara ett misstag! Jag har aldrig mördat någon och jag vet inte ens vem den här Keith wild är, skriker jag förtvivlat åt honom.

– Jag kan försäkra dig om att det här inte är ett misstag. Vi har hittat dina fingeravtryck på mordvapnet och din DNA finns överallt på mordplatsen. Vi har till och med ett ögonvittne. Så du kan sluta spela, du kommer inte undan så lätt, svarar han hånfullt.

Nej! Jag hade kommit ihåg om jag mördat någon eller hur? Det här känns inte ens verkligt. Jag börjar ifrågasätta mig själv.

När vi är framme vid stugan igen ser jag en svart bil parkerad utanför. Polismannen knuffar in mig i bilen och John går frivilligt in på andra sidan och sätter sig brevid mig. Polisen sätter sig i förarsätet, kollar på mig och säger med ett leende på läpparna

– Du har rätt att tiga. Det du säger kan och kommer att användas emot dig vid en rättegång. Du har rätt till juridiskt ombud och att ha detta närvarande vid förhör. Om du inte har råd med ett juridiskt ombud kommer du att tillhandahållas ett sådant på statens bekostad.

John kollar medlidande på mig och tar min hand.

– Det kommer att gå bra. Kom ihåg att vad som än händer så finns jag alltid vid din sida, viskar han i mitt öra. Jag torkar bort en tår och känner mig så tacksam. Verkligen tack.

Senare på stationen...

– Men nej! Han höll mig fångad i den där källaren. Han gjorde massor av grymma experiment på mig. En vacker dag så glömde han att låsa dörren och jag kunde äntligen fly. Jag mördade honom verkligen inte, skriker jag förtvivlat. Jag känner mig så frustrerad. Varför är de sådna skitstövlar emot mig? Varför vägrar dom att tro mig?

– Dörren var aldrig lämnad olåst, någon hade brutit upp den med en kofot och dina fingeravtryck finns över hela den med, säger polisen lite nonchalant.

Tankarna snurrar, Jag försöker lugna ner mig genom att ta en ordentlig titt på honom.

Han är ganska snygg ändå, även fast hans elakhet automatiskt gör honom fulare i mina ögon. Han har lite av den där "bad boy looken" med sitt lite rufsiga blonda hår och sin skepparkrans. Jag stör mig på en kaksmula som fastnat i skägget på honom. Förstår han inte att det ser löjligt ut? fast det är nog bara jag som stör mig på sådant.

Tillbaka till de han precis sagt. Kan det vara sant? Hur kunde jag minnas det så tydligt om det inte var vad som hände? Jag minns att dörren var olåst, jag minns ingen kofot, jag minns inga saxar eller något mord över huvudtaget. Vem skulle mörda någon med två saxar? Det låter verkligen inte som något jag skulle ha gjort, Speciellt inte när det fanns en kofot. Bara tanken på huden som slits upp när man hugger någon ger mig kväljningar.

Mina tankar avbryts när jag ser att mannen sitter och stirrar bestämt på mig. Den där kaksmulan hänger och dinglar ifrån skägget när han öppnar munnen och säger

– Vad är det för liten historia som du berättat för oss? Vi har kollat upp den här Charles Richard Finkelstein och de har aldrig funnits en man med det namnet i den här trakten under 60-talet. Det har aldrig funnits något hus, när ska du sluta med historierna och berätta sanningen för oss egentligen?

Allt blir suddigt och det sista jag ser innan allt blir svart är den där kaksmulan som äntligen har lossnat och faller ner på bordet.

När jag öppnar ögonen ser jag bara en läkare som står och undersöker mig. Det snurrar något förskräckligt i huvudet. Jag försöker sätta mig upp men misslyckas.

– Vart tog poliserna vägen, mumlar jag frågande.

– Kommer du inte ihåg, frågar läkaren. Nej det gjorde jag verkligen inte. Läkaren berättar för mig att jag tydligen hade blivit förbannad när de hade påstått att John inte fanns på riktigt. Jag hade skrikit om att hur kunde dom säga så när han fan satt bredvid mig och när de skrattat åt mig så hade jag tydligen vält bordet och börjat kasta stolar. Dom hade varit tvungna att söva ner mig.

Varför kan jag inte minnas något av det läkaren berättat? Har jag blivit galen? kanske finns det en mörk sida av mig som bara kommer fram när jag blir arg? Kanske hade jag mördat Keith Wild ändå?

Domstolen fann mig skyldig för mord och för förgripelse mot tjänsteman. Jag dömdes till sluten rättpsykiatrisk vård. Jag förstod inte ens vad det var som hände längre eller vad som var verkligt och inte. Som tur var så hade jag alltid John vid min sida, precis som han lovat. Även fast läkarna sa åt mig att han inte var på riktigt, att jag bara kunde se honom på grund av min schizofreni. Men det enda som betyder något är att han var verklig för mig och han är den mest omtänksammaste och underbaraste personen jag träffat.

Läkarna tvingade i mig en massa mediciner hur mycket jag än vägrade. Det skrämde mig att om medicinen fungerade så kanske John skulle försvinna för alltid. Jag var hellre sjuk än ensam, speciellt på det här stället. Jag kände mig så instängd här och att hela tiden se samma vita väggar gjorde mig galen. Ibland så ville jag bara slita sönder öronen när jag hela dagarna fått lyssna på skriken som vrålades ifrån cellen breddvid min.

Men det var ju meningen att jag skulle lida, eller hur? Jag hade ju mördat en man. Även fast han mer än förtjänade det. Fast det var ju inte så som samhället valde att se på det.

Jag spenderade mina dagar med att spela kortspel med John, han lärde mig till och med några trick. Men vad skulle jag med det till egentligen? Den enda personen som jag ens kan ha en konversation med här inne det är John.

Jag kan inte ens hålla koll på tiden längre här inne. Det kan ha gått månader, det kan ha gått år. Hur ska jag kunna veta när tiden står still här inne?

Tänk om jag var gammal nu? Vad spelade det för roll ändå? Jag var dömd till livstid. Jag var tvungen att acceptera att samhället såg mig som galen.

Jag känner mig inte ens galen, jag gillar min värld bättre än den verkliga.

Mina tankar blir avbrutna av att dörren sakta glider upp. Och där är blod som sipprar in genom dörrspringan...

Kapitel 5: Slutet

Vad är det som händer? Det överraskar mig att jag inte känner någon rädsla utan jag är helt lugn. Det måste vara någon som lyckats ta sig ut. Det här stället kryllar av galna grovt kriminella människor. Men med John alltid vid min sida så känner jag att jag inte behöver vara rädd för någonting.

Förresten, vart är han någonstans? Jag går fram till dörren, öppnar den helt och stiger ut i korridoren. Vart kan han vara?

Jag reagerar inte ens när jag ser alla döda kroppar utspridda i hela korridoren. Jag är helt kall, jag bara fortsätter att gå även fast mina strumpor blir helt kladdiga av allt blod och alla inälvor som ligger överallt. Jag letar överallt efter John.

Efter ett tags letande så känner jag hur jag faktiskt börjar bli lite rädd. Det här är inte rätt tidpunkt för medicinerna att börja verka. Ändå så håller jag mig lugn och fortsätter att leta. Det konstiga är bara att alla andra patienternas dörrar fortfarande är låsta.

Vem skulle annars vilja mörda de här människorna? Vänta! Där framme är det någon. Jag känner hur hoppet börjar komma tillbaka. Snälla snälla? Det måste vara John där framme. Utan honom så känns det som att mitt liv helt saknar mening. Jag har redan levt ensam och jag kan inte gå igenom det igen, inte nu när jag vet hur det är att ha någon som finns där.

Vilken lättnad! Det är John. Jag skulle känna igen dom där kläderna överallt. Han står böjd över ett kropp med en sax i varsin hand. Kroppen ligger och rycker även fast han helt klart redan var död, ingen kunde överleva att förlora så mycket blod.

John vänder på huvudet och kollar på mig.

– Nu kan dom inte ta dig ifrån mig längre med sina kemikalier, säger han och ler varmt mot mig.

Han ställer sig upp och går emot mig. Han stannar precis framför mig och trycker sig tätt emot. Jag kan känna hur han andas mot mitt ansikte. Så håller han om mig och kysser mig. Vi bara kysser varandra länge.

Det känns som fyrverkerier i hela kroppen. Vi slutar kyssas och han viskar med läpparna tätt intill mitt öra

– Jag gjorde det för oss, du vet att jag skulle göra allt för dig.

Jag bara känner hur värmen sprider sig i mitt bröst. Men jag kommer inte på ett ord att säga tillbaka så jag bara står och ler åt honom. Jag är verkligen kär. Varför hade jag inte upptäckt det tidigare? Det kittlas i magen bara jag kollar på honom.

– Jag önskar att jag kunde spendera hela mitt liv med dig, säger jag drömmande och ångrar mig så fort orden lämnat mina läppar. Bara det inte lät som att jag var för krävande? Men han lutar sig fram och kysser mig igen. Jag kan känna hans huggtänder skrapa emot mina läppar. Även fast läpparna blöder så känns det ändå bra. Det känns bara så manligt och vem kan vara manligare än John? ingen. Han tar min hand och visar mig vägen ut.

–Vi borde gå härifrån innan polisen kommer, säger han.

Jag följer med utan att tveka, jag vet ju att John alltid bara vill mitt bästa. När vi sprungit ett tag och börjar höra polissirener så kollar vi på varandra med en självsäker och lekfull blick. Vi båda tänker samma sak. Världen är vår.

– Den här vägen. Ett godståg är på väg hitåt. Vi kan hoppa ombord så vi kan vara säkra på att polisen inte hittar oss, ropar John och visar mig vägen.

Det ser så enkelt ut när John hoppar ombord men jag vågar ändå inte. Jag står och tvekar en stund. Men John bara kollar på mig, ler och räcker ut sin hand emot mig.

–Här ta min hand så ska jag se till att du inte skadar dig, ropar han.

Jag kollar in i hans snälla ögon och hoppar på. Det var inte så svårt som jag hade tänkt mig ändå.

Vi sätter oss på några trälådor. Tåget guppar så mycket att man får en känsla av att järnvägen under borde vara alldeles guppig. Även fast det borde vara omöjligt. Men varför inte? Med tanke på allt annat som hänt.

Lådorna vi sitter på är inte stilla en sekund. Dom flyger till vänster, till höger och ibland så flyger dom även upp en liten bit i luften. Men under hela tiden så håller John mig hårt i sin famn. Han stryker undan lite av mitt hår som har hamnat i ansiktet och viskar i mitt öra

–Jag ska beskydda dig ifrån all ondska som finns i den här världen. Du ska aldrig behöva känna dig rädd igen. Det kändes så mysigt. Jag somnade tillslut.

När jag senare vaknar upp och undrar varför jag guppar men ändå inte så som det guppade i tåget, utan jag guppar bara lite svagt och försiktigt.Det är John som bär mig såsom en man bär sin fru när man precis gift sig. Även fast jag har en massa frågor som snurrar runt i huvudet så håller jag mig ändå tyst. Det känns inte som att jag har tillräckligt med styrka för att starta en konversation just nu. Men vad spelar det för roll egentligen? Jag litar på John med mitt liv.

– Nejmän godmorgon! du har sovit tjugotvå timmar i sträck. Jag tror att din första dag utan medicinerna har varit bra för dig, Säger John samtidigt som han sätter ner mig.

–Vart är vi någonstans?

– Vi letar efter ett ställe som vi kan bo på så länge tills allt de som hände förut inte är lika aktuellt längre. Jag känner att det ska ligga en stuga djupt inne i den här skogen någonstans men jag kan inte hitta den. Jag har gått runt här och letat ett bra tag nu.

Ja just det, han kunde ju läsa mina tankar. Det hade jag glömt. Nej vad pinsamt, vad kan han mer ha hört? Jag som ibland lider av att jag får så sjuka tankar, tankar som jag inte ens vill ha. John kollar på mig med sina snälla ögon.

– Du behöver aldrig skämmas inför mig. Jag känner dig redan utantill och jag älskar allt med dig, varenda del av dig. Det här är inte som den vanliga kärleken som du kan hitta ute i den verkliga världen. Vår kärlek är mycket exklusivare och jag tycker synd om de människor som aldrig kommer få uppleva något liknande. Deras liv är bara patetiska och saknar mening, svarar han på mina tankar igen.

Att deras liv bara är patetiska och saknar mening? han sa det med sån hat i rösten. Menar han att människorna som han mördade förtjänade att dö för att deras liv saknar mening? Känner han verkligen inget minsta medlidande? Men den här gången får jag inget svar.

– Jag tror att jag ser stugan där framme, säger jag och avbryter den obehagliga tystanden.

– Jag kan inte se den men jag tror dig. I vissa ställen så är din hjärna mer utvecklad än min och tvärtom. Det är därför vi gör varandra hela, säger han och skrattar till lite samtidigt. Men jag känner fortfarande ett obehag och nu är det min tur att inte svara.

Jag knackar på den lilla dörren till stugan.

– Jag kommer kära du, hörs en gammal tantröst där inifrån.

Dörren öppnas och ett vänligt ansikte kikar ut på mig.

– Jag har gått vilse i skogen. Kan jag inte få stanna inatt? Frågar jag oskyldigt samtidigt som jag skakar av kylan. Jag spelar hjälplös.

– Kom in du, svarar hon snällt samtidigt som hon går tillbaka in i köket.

När jag kliver in i stugan så lägger jag märke till alla speglar i olika former som hänger på väggen. Jag känner nyfikenheten över vilken ålder jag är i nu. Så konstigt! jag har olika åldrar beroende på vilken spegel jag kollar i.

– Det spelar ingen roll för mig hur gammal du är, du kommer alltid vara lika vacker för mig, hör jag Johns röst bakom mig.

– Vill du ha lite te söta flicka, hör jag tanten ropa frågandes inifrån köket. Söta flicka? jag hoppas det betyder att jag fortfarande är ung.

– Ja tack, svarar jag samtidigt som jag sätter mig vid köksbordet.

Rädslan slår till som ett slag i magen när jag ser en tidning liggandes framför mig. På första sidan finns det en bild på mig med rubriken "Sax-mördaren har rymt!".

Sax-mördaren? Tidningarna måste ha skrivit ganska mycket om mig om jag nu fått ett smeknamn. Vad skumt det känns. Jag tar en titt på tanten, hon står med ryggen emot mig och kokar te på en gammal vedspis. Jag gör ett försök att diskret ta tidningen och gömma undan den.

– Det var inte särskilt snällt. Ge mig min tidning, skriker tanten och får mig att hoppa till av rädsla. Hon står och stirrar argt på mig med armen utsträckt emot mig.

I ögonvrån ser jag hur John försiktigt tar en sax och gömmer bakom ryggen medans jag ger tillbaka tidningen.

Samtidigt som jag ser John mörda den stackars tanten och känner hur mina egna händer blir alldeles blodiga så går det upp för mig. Alla minnesluckor, alla mord. Det var aldrig jag, det hade vart John hela tiden. Och han gjorde det för oss. Alla de människorna var tvungna att dö för att våran sjuka kärlek skulle kunna växa. Även fast det var svårt att acceptera allt det här så behövde jag bara ta en titt på John och allt kändes värt det. Kärlek kan göra konstiga saker med en. Kanske vetenskapsmannen hade gjort mig galen ändå? Jag känner tacksamhet.

Del 2
Kapitel 6: Mr Kaksmula

Han ligger i sängen och blänger frustrerat upp i taket av cement. Blicken har fastnat på den fula sprickan som går längst med taket ovanför honom.

Den dånande smärtan i axeln gör det omöjligt för honom att ens få en liten blund denna natt. Sedan finns ju också den där starkt illamående känslan i magen som om någonting skulle vara fel. Men illamåendet kan ju i och för sig också bero på alla kakor han smällt i sig under nattens oändligt långa timmar.

Han vänder sig om och stirrar på det halvuppätna kakpaketet på det rangliga gamla nattduksbordet av trä. Han undrar över om han ska trycka i sig en sista kaka i alla fall.

Men då skär telefonens skarpa ringsignal igenom tystnaden som ett skarpt knivblad. Åh nej! Han vill verkligen inte jobba nu. Av ren frustration så drar han ur telefonsladden med ett kraftigt ryck och kryper sedan tillbaks ner i sängen. Telefonjacket hade följt med sladden ut ur väggen, vilken förbannad otur han har.

Mobilens larviga lilla melodi börjar snart att fylla tystnaden då istället. Trodde han verkligen att han skulle komma undan så enkelt? Han sträcker sig efter mobilen och ser mycket riktigt att det är chefen som ringer. En impuls slår till, han klickar samtalet och sträcker sig efter kakpaketet på nattduksbordet.

Men det var tydligt att chefen inte skulle ge sig, mobilen ringer hela tiden.

Vad i helvete, tänker han förbannat för sig själv, sträcker motvilligt ut handen och trevar efter mobilen. Sen sitter han och tvekar i drygt en kvart innan han tillslut trycker in knappen med den gröna luren och hör hur chefen direkt börjar skrika i andra änden .

– HÖRREDU! VARFÖR SVARAR DU INTE NÄR JA RII.., Hinner chefen bara få ur sig innan Albin får en idé och avbryter

– Hej du har kommit till Telenor röstbrevlåda abonnenten kan inte ta emot ditt samtal just nu, lämna gärna ett medde.. Men då blir Albin avbruten.

– VILL DU FÅ SPARKEN ELLER, Vrålar
polischefen som förstås känt igen Albins röst.

Albin ger ifrån sig en djup suck och svarar
tillsist.

–Jaaa, jag kommer...

Men chefen som var ordentligt uppretad vid
det här laget hade svårt att hejda sin ilska och
fortsätter vrålande att skälla ut honom. Men
Albin är också uppretad över att han inte får
vara ifred så han ger tillsist ifrån sig ett
högljutt feminint gnällande läte som
antagligen ekade i hela fastigheten i hopp om
att få chefen att tröttna på att skrika och
istället lägga på luren. Det tog ett tag, han får
flera gånger avbryta sitt läte för att hämta
andan och sedan ladda om för att komma upp
i samma ljusa ton. Men tillslut blir det i alla
fall helt tyst i andra änden. Albin flämtar
andfått

Han reser sig upp och går en lång färd ifrån
sängen till toaletten för att kissa. Stickandet
och knastrandet av kaksmulor under fötterna
får honom att sakta piggna till mer och mer
för varje steg han tar.

48

– Det är väldigt vad det börjar hända saker i den här lilla staden, muttrar han för sig själv och kliar sig i skägget så att det regnar ner kaksmulor på golvet nedanför.

Han orkar inte leta upp några nya och rena kläder ibland all smutstvätt som ligger utspritt överallt på golvet som vanligt. Det får bli det närmaste, den smutsiga skjortan som hänger på den bruna läderfåtöljen bredvid honom. Han känner sig ju ändå inte något vidare fräsch efter att ha legat och svettats hela naten. Hah! Han tänkte minsann inte spreja ner sig med någon deodorant, stanken får dom gott stå ut med när de skulle störa honom mitt i natten.

Hans hånfulla glädjetankar får ett abrupt slut när han försöker knäppa skjortan och känner en bultande smärta i axeln. Förhöret med flickan tränger sig ovälkommet in i hans medvetande för en sekund. Men han slänger en blick mot klockan och inser att han måste skynda sig. Han rusar ut till köket och häller hastigt upp kaffe i en mugg.

RIIIING hör han återigen ifrån telefonen. *RIIING*

Ljudet får honom att hoppa till och spilla ner sin skjorta ännu mer med kokhett kaffe.

"Aj Fan! Shit har tiden gått så fort, nu ringer dom och gnäller på mig" tänker han panikslaget och rusar för att svara.

"vart fan är den jävla telefonen?! Kan någonting gå bra för mig idag?!" tänker han och tycker synd om sig själv.

Ilskan tar över, utan att tänka så drämmer han muggen i väggen. Sedan Hoppar han och svär av vrede tills han är helt utmattad.

Han hämtar andan och vinklar upp persiennerna.

Hans blick dras automatiskt till skärvan som solstrålarna landat på, synen träffar honom rakt i hjärtat. "Rach.." lyser det om skärvan. Tankarna och Ångesten sköljer över honom när han minns hur hennes leende lös upp tillvaron precis som skärvan lös nu. Han minns det som igår hur hela hans värld splittrades i en enda sekund precis som muggen.

Känslorna svämmar över honom men instinktivt försöker han genast pressa bort dem med att agera utåt. Han slår allt vad han kan på den närmaste köksluckan som i sin tur lossnar och flyger iväg och krossar hela köksfönstret. Överallt flyger glassplitter och mitt i allt hör han en röst som får honom att lugna ner sig.

– ALBIN! VAD ÄR DET SOM HÄNDER! VAD HÅLLER DU PÅ MED?! ÄR DU HELT JÄVLA DUM I HUVYDET?! MÅR DU BRA?! HALLÅ?! Ropar någon upp till lägenheten.

Skammen får honom att frysa till is, medans han ser sin kollega som blänger anklagande upp på honom genom fönstret. I boxers går han skuldmedvetet fram och blottar sårbart sin skuld, medans nyfikna grannar desperat försöker kolla in och snoka.

Ilona bara ler stort åt honom och frågar glatt
– Vad håller du på med din idiot, varför står du här i bara kalsonger? Och varför i helvete har du rosa "Hello Kitty" kalsonger?"

– Jag vet inte, jag hittar inte min mobil, säger han helt förvirrat. Han slänger hastigt på sig kläderna och stapplar sedan generat ner emot garaget medans han undrar för sig själv vart hello kitty kalsongerna kom ifrån.

Han sätter sig i bilen och svär högljutt medans Ilona hoppar in bredvid med ett stort hånflin på läpparna. Han tar ut sin vrede på gaspedalen med hästkrafterna i sin Dodge Charger. Ilona försöker lätta upp stämningen genom att sätta på radion.

Hon tjuter glatt när hon hör vilken låt som spelas.

"Die Mother Fucker Die" Han kunde inte ens tro det själv, vilken lycka att hans drömbrud har precis samma favorit låt som han själv!

Han är i extas, alla sorgerna är bortglömda när han sitter och diggar till de ljuva tonerna för allt han har och märker inte ens att hon gör precis samma sak bredvid.

– You you and YOU! DIE MOTHERFUCKER DIE!" skriker han samtidigt som han pekar på de andra bilförarna och trycker sedan plattan i mattan och flinar nöjt när lufttrycket får honom att slungas bak i sätet. Ilona bubblar av skratt vilket får honom att trycka ner gaspedalen ännu hårdare i sin växande manlighet.

Albin tvärbromsar men lyckas ändå riva ner parkeringsskylten innan bilen stannat flera meter in på gräsmattan. Ilona ler lite tyst för sig själv när de går ur bilen och lunkar tillsammans till mordplatsen. Han känner igen sig. Det var på det här mentalsjukhuset som Flickan satt på, tänker han och fylls med obehag.

När de ser sin arbetskamrat Beirut stå oroligt och skaka vid ingången så känns någonting fel. Beirut lyfter armen o tar ett hårt sug på sin cigarett. Albin och Ilona stannar upp och ger varandra oroliga blickar.Något måste vara allvarligt fel eftersom att Beirut har slutat röka för mer än 7 år sen. Men Beirut kollar inte ens upp på dom när hon börjar mumla åt dom

– Var beredda på att det inte är någon trevlig syn direkt där inne.

Håren reser sig i nacken och kroppen spänns av obehag när han känner allvaret i Beiruts flackande blick, han kunde inte ens föreställa sig vad de skulle möta för något på andra sidan dörren. Vad kunde brutit ner Beirut när han alltid trott att hon var okrossbar, det hade verkat som att ingenting kunde döda hennes glädje, ingen brottsplatsundersökning hade lyckats få ner henne på jorden.

Tankarna avbryts genast när han får syn på Ilonas rumpa som plötsligt försvinner in mot den skrämmande brottsplatsen med självsäkra kliv. Han känner hur hans ego krymper en aning när dörren smäller igen framför näsan på honom. så han sträcker genast på ryggen, försöker kväva alla rädslor och tar några steg in.

Han får kämpa emot en kväljning av den fruktansvärda synen han möter när han tar ett steg in. kropparna ligger sinneslöst utspridda i korridoren. Det vrids om i magen av oro samtidigt som han känner hur smärtan i axeln gör sig påmind.

– Det måste vara en person med allvarliga problem med tanke på all sadistiskt tortyr som man kan se tecken på här, säger Ilona.

Han kommer på andra tankar när en av bimbo-profilerarna ställer sig med rumpan i luften en halvmeter ifrån hans nu växande bula. Men han får snart försöka hejda tankarna när bulan blir lite för synlig, så han vänder sig om och fortsätter diskussionen med Ilona. Sen kommer han på sig själv och paranoian börjar växa inom honom, han småsvettas lite och försöker läsa av Ilonas uttryck för att se om hon såg när han råkade fastna i sina erotiska manliga tankar.

Men hon flickan. På utsidan en söt och oskuldsfull liten flicka, men på insidan gömmer sig något oförklarligt fruktansvärt. Han ryser till när han minns med vilken omänsklig kraft som hon slungat stolen emot honom. Lustigt hur skenet kan bedra, tänker han samtidigt som han försöker hålla om sin onda axel. Han får en obehaglig tanke, tänk ifall det är flickan som mördat dessa människor?

– Jag har hittat saxen, hör han Ilona ropa lite längre fram. Den satt på snedden i en avliden man med ett fruset ansiktsutryck fullt av skräck. Saxen? Då måste det vara flickan! Hon var ju känd som "Sax-mördaren".

– Vi ser tydligt här att hon måste blivit avbruten när hon höll på med den här mannen. Sen ser inte mönstret färdigt ut om man jämför med alla de andra kropparna. osäkert, men det skulle kunna vara två olika sorters fotspår säger en av profilerar-bimbosarna.

Men kanske hade någon av personalen eller vem som helst dykt upp och fått gärningsmannen att avbryta sin ritual innan den var färdig. Kanske finns det ett vittne som fortfarande lever. Eller en medbrottsling?

–Kropparna är fortfarande varma så gärningsmannen borde inte vara så långt bort, tillägger hon. Han nickar instämmande medans han försiktigt lägger ner saxen i en plastpåse med ena handen och försöker ivrigt hålla om den onda axeln som skulle göra sig påmind igen. Han försöker istället fokusera på Ilona när hon samlar ihop bevismaterial. Det ser lite lustigt ut när hon sitter mitt i allt som gör honom spyfärdig och plockar med så kvinnliga och egleganta rörelser. Hon var verkligen en sådandär tjejig tjej.

Lustigt att hon valt just det här yrket och dessutom gillade hans musik.

–Ska du stå där och glo hela dagen eller hade du tänkt jobba också? Frågar Ilona bestämt samtidigt som hon sitter på golvet och är så fokuserad. Hon släpper inte blicken ifrån den avlidne mannen.

Han rycker till och känner hur spyan är på väg upp. Nej! För sent.

Ilona kollar upp på honom med stora oskyldiga ögon. Han kan inte möta hennes blick och börjar därför gå omkring och undersöka på egen hand.

–En av dörrarna står öppen. Vet vi vem som bodde i det rummet, frågar han. När han får höra att personen inte haft något känt namn så fryser han till is. Han hade suttit med i rättsalen när hon hade blivit dömd. Hon hade påstått att hon var oskyldig in i det sista.

Antingen så måste hon va jävligt duktig på att spela eller så trodde hon själv att hon var oskyldig. Hennes blick så liten och oskyldig till en början och sen så obehaglig när man såg hur ögonen exploderade. Nu är det odjuret löst där ute. Han rös till.

– Justja det var väl inte du som tog fast henne, frågar Ilona tveksamt. De kollar på varandra ett tag. Han undrar förtvivlat vad det är som hon ser ut att tänka på. Då öppnar hon munnen och säger.

– chefen.

Han är trots allt rädd inombords när han tänker på flickans blodröda blick. Men han kan inte svälja sin stolthet nu och han kan inte

visa att han är vettskrämd för en liten flicka.
Han är ju polis vad fan.

– Vi vet båda två att det här inte handlar om
en vanlig liten flicka, säger Ilona och stirrar
honom länge i ögonen Han muttrar lite
protesterande och går ut. Någonting
skrämmer honom i alla fall, han vet inte riktigt
vad.

Han fryser till och ser framför sig hur den lilla
flickan gömmer sig någonstans i hans
lägenhet redo att attackera. Men hans hem
var ju egentligen bara en sopptipp med allt
skräp och smutstvätt överallt. Det kanske till
och med skulle vara skönt med lite semester.
Förhoppningsvis så hamnar jag på landet nära
en sjö så jag kan fiska om dagarna. Det skulle
vara trevligt.

Han får väl prata med chefen då tänker han,
de sätter sig i bilen och kör mot stationen.
Han trummar lite irriterat med fingrarna på
ratten när han får stanna vid järnvägen. Ett
godståg tuffar sakta förbi. För en stund tycker
han att han ser i ögonvrån hur några sitter
därinne i tåget på lådorna. Han skakar på
huvudet, nej han är för trött för det här. Nu
har han till och med börjat hallucinera.
Semester kommer nog att göra honom gott.

Kapitel 7: Queen of Death

En skräckinjagande symfoni ekar högljutt i hela lägenheten från hennes splitter nya brutala"DarkestHeads" mobil som ringer mitt i natten. I den lyhörda lägenheten kan man höra små rädda gnyenden ifrån grannen under.

Hah! Vilken mes, tänker hon hånfullt. Men kom lätena verkligen underifrån? Där bor tre unga killar ifrån collage. De var alltid svartklädda med deras långa ovårdade och märkbart svartfärgade hår. Ilona hade ju hört deras musik underifrån och förvånats över de brutalt aggressiva mordiska texterna. Hon går in i sitt arbetsrum och tar en titt på kartan som hänger fullproppad med nålar i tre olika färger. Kartan föreställer hennes bostadsområde och nålarna är hennes egna lilla fritidsprojekt, färgerna markerar ut vilka personer som visat tendenser på att kunna mörda en annan person. Hon plockar bland nålarna och trycker sedan in en gul i bilden där hennes nedre grannar bor.

– Så som synen kan bedra, muttrar hon för sig själv.

För Ilona är de mörka tonerna det vackraste hon hört. Hon känner sig som områdets skräckdrottning när hon glatt skuttar fram till den vibrerande, svarta och glänsande mobiltelefonen med sina små dekorationer av äkta dödskallediamanter som glimrade så oskuldsfullt i allt det svarta. Utan att tänka så står hon helt plötsligt där med mobilen i handen. Hon beundrar den ett bra tag innan hon kommer på sig själv till slut. Hon svarar i en enda hastig men snygg rörelse.

Det är bara chefen som har mage att så oförskämt ringa sina kollegor mitt i natten. Han verkar ovanligt nog stressad på rösten när han hastigt beordrar henne att ta sig till undersökningen av en ny brottsplats. Ilona som verkligen brann för sitt jobb med alla dess utmaningar, jublar tyst inombords. Men då hörs ett djupt rossligt andetag innan Chefen Jack till Ilonas fasa muttrar fram en sista order och lägger tvärt på luren utan att ens säga hejdå.

"Åh nej! Varför är det alltid jag som tvingas hämta upp den där konstiga gamla löjtnanten Albin?" Så otroligt orättvisst. Hon kunde inte minnas en enda bilfärd under alla de sex åren de jobbat tillsammans där hans närhet inte hade stört henne så ofattbart ihärdigt under hela resans gång. Hans specialitet var att han aldrig under hela den långa färden kunde slita undan blicken ifrån Ilonas c-kupor som ibland studsade lite lätt av hennes rörelser. Det var ju bara för genomskinligt. I och för sig det var väl rätt synd om fanskapet också med sin PTSD och sen är han antagligen även full av andra psykiska eller fysiska skador ifrån kriget som han upplevt.

I periferin får hon en hastig skymt av den vita köksklockan och inser lite lätt panikslaget att hon nu har bråttom om hon ska hinna med allting, jäkla Albin som genom att existera har fått henne att grubbla bort all sin viktiga tid. Det var tydligt att Albins existens kunde störa henne även när han inte ens var i närheten.

Men nu har hon för bråttom för att hinna med alla sina bittra tankar. Hon springer istället runt i lägenheten och provar den ena utstyrseln efter den andra innan hon till sist bestämmer sig, en vit dödskalle tröja med vackra kvinnliga former

– sött men dött, mumlar hon nöjt för sig själv samtidigt som hon försöker klämma sig i sina mörkblåa stuprörsjeans. Även fast ingen ens kunde se kläderna under labbrocken på jobbet så kändes det ändå vikigt att hon visste att hon hade stil under. Hon klädde upp sig för sin egen skull och för att visa upp sitt drottninglika självförtroende, ett beteendemönster som satt inpräntat djupt inuti hennes huvud ända sen ungdomen. Hon ler när hon minns personen som lärt henne allt om livet. Ilona kommer på sig själv med att hon korkat nog bara står och stirrar rakt in i toaspegeln med tomma ögon och ett tomt ansiktsuttryck. Vad ska hon göra med håret som nu är rufsigt och står rakt ut i luften på vissa ställen? Men det finns en snabb och enkel lösning på det lilla problemet. Så hon tar det långa skimrande lilafärgade håret och slänger hastigt ihop i en slarvig men ändå riktigt snygg hästsvans.

När hon vänder sig om ser hon hur något i ögonvrån lockar på hennes uppmärksamhet. Högst upp bland alla kläder i hennes korg med tvätt, där ligger hennes sexigaste stay ups och verkligen suger åt sig hennes uppmärksamhet helt och hållet. Hon får känslan av att plagget försöker meddela henne något där de ligger så sexigt, vackert och feminina framför henne. Sen slås hon direkt av en förbjuden men ååh så lockande idé. Kunde hon verkligen? Vågade hon verkligen? Men det otroligt härliga pirret i magen fattar beslutet åt henne.

Hon är så trött på att alltid försöka vara den skötsamma flickan som hennes föräldrar ville eller snarare brutalt tvingade henne att vara. Det verkade som att hon inte haft några egna känslor i deras ögon. Hon hade känt sig som deras ägodel och inget mer.

Pirrandet bubblar upp och blir till ett hysteriskt busigt fnitter när hon sliter av sig kläderna och väljer glatt bland hennes sexiga underkläder. Hon sneglar hastigt på de glittriga kartongerna längst in i garderoben men kollar bort i ett ryck när rädslan klappar till henne som en örfil. Hennes sexigare underkläder var dom som hon fått av klubben. Men så modig var hon inte att hon skulle våga gå till jobbet i strippkläder. Så hon vänder bort blicken emot sin vanliga underklädeslåda. idag får det bli den rosa bh:n med svarta spetsar med de söta rosa/svarta spetsstringen. Det är bara att slita av sig stuprörsjeansen igen för att få på sig den tillhörande höfthållaren, åla in i ett par svarta spetsiga stay-ups och knäppa fast spännena i dom.

Varför inte bara ha underkläderna under labbrocken? Det var den tanken som lockade så intensivt. Risken över att kunna bli upptäckt på sin arbetsplats med alla kollegor, det kunde räcka med att rocken av något misstag flög upp. Den risken fyllde henne av behag och andra sköna känslor där hon sitter på den vita hallstolen i lyxig plåt, och knyter på sig sina snörade svarta, knälånga stövlar med stilettklack.

Det känns så hysteriskt bra när hon tänker på sina jobbarkompisar. Hur bara hon skulle gå omkring och veta vad som gömde sig under labbrocken en helt vanlig dag på jobbet. Hon känner sig så busig men samtidigt njuter hon när självkänslan känns starkare. Hon känner sig så drottninglik. Det pirrar till i magen av alla sköna känslor som kommer med ett skönt rus. Hon njuter.

Bara tanken på hur snygg och kvinlig hon är under sin rock får henne att stolt röra sig framåt och kanske vicka lite extra mycket med rumpan när hon kliver ut i trapphuset. Inte fören hon hunnit Halvvägs över gården och snart var framme vid Albins port så kommer hon på att hon glömt låsa sin lägenhet. Fan så jävla typiskt, tänker hon högljutt för sig själv. Hon ska precis ta ut sin ilska över en ful grön och bucklig papperskorg som bara råkat ha oturen att stå i hennes väg, när ett ljud får henne att rycka till och stanna upp.

Det hörs ett högt vrål.Glas som krossas. Hon får syn på något föremål som flyger ut med världens fart ifrån det översta fönstret i byggnaden framför henne. Det är en skåpslucka som störtdyker och kraschlandar rakt på en bil. Ja eller på resterna som fanns kvar av bilen efter farten som luckan pressat in den med. Hon flinar brett när hon tittar in i fönstret och känner igen det mörkblonda ovårdade hår som sticker upp en bit bakom fönsterbläcket.

– ALBIN! VAD ÄR DET SOM HÄNDER! VAD HÅLLER DU PÅ MED?! ÄR DU HELT DUM I HUVUDET?! MÅR DU BRA?! HALLÅ! Ropar hon hånflinande upp mot fönstret samtidigt som hon känner ett konstigt kittlande i magen.

Albin ställer sig upp och fryser till is när han får syn på henne då hon står där och kämpar för att kunna fortsätta se allvarlig ut utan att skratta. Endast iklädd boxers så går han skamset fram och visar upp sig i fönstret utan att bry sig om de stirrande grannarna utanför.

Han var ju inte så farlig Albin, vilket mod och självkänsla han måste haft blottad sådär uppe i fönstret. Hon fnissar till och frågar vad han håller på med egentligen. Sen får hon verkligen anstränga sig för att kväva ett gapskratt när hon får syn på hans kalsonger.

Ett par rosa med"Hello Kitty" på. Skrattet fyller henne sakta inombords.

–Varför i helvete, lyckas hon kvida fram. Sen Stannar hon upp och känner hur skrattet bubblar upp igen, så hon gömmer sig hastigt under ett träd för att Albin inte ska se hur oprofessionellt hon bara släpper ut skrattet som fyllde henne.hon skrattar högt och ljudligt åt hur hysteriskt roligt allt var. Albin ser faktiskt lika frågande ut som hon över kalsongerna. Sen komenterar han bara sammanbitet att han inte hittade mobilen imorse. Han marscherar i rask takt ner mot garaget. Sen sätter han sig i bilen och svär högljutt en hel ramsa för sig själv där inne när Ilona får syn på ägaren till bilen som skåpsluckan hade mosat. Hon ger tanten en allvarlig blick, visar upp sin polisbricka och viftar med handen för att försöka få den gamla tanten att gå därifrån. Hon hoppar långsamt fram med sin rullator emot Ilona med en stor frågande blick i hela det rynkiga lilla ansiktet. Ilona tvekar en sekund..

Sedan hoppar hon snabbt in i bilen bredvid Albin, hon kan inte hjälpa att ge honom en blick och då tränger direkt ett beundrande leende fram på hennes läppar. Hon börjar direkt skämmas. Tänk om Albin sett det där? Då skulle han tro att hon blivit knäpp i huvudet. Hon som alltid tyckt så illa om honom. Men Albin verkade inte ha sett det. Han bara sitter och stirrar tomt ut genom fönstret och muttrar för sig själv när hon hoppar in. Hon undrar över om han ens uppfattar att hon sitter bredvid honom i bilen. Då tar han ut sin ökande vrede på gaspedalen. Däcken tjuter emot asfalten. I baksätet ser Ilona skymten av den lilla tanten som nu stannat upp vid garaget och ser konstig ut. Hon ser nästan lite svimfärdig ut. Så fylls bilden häftigt med kraftig bilrök runt tanten och suddar ut det nu kraftiga sura blängandet och mungiporna som hängde neråt i en båge bland alla rynkor i det lilla ansiktet. Utan att tänka sätter hon på radion för att försöka glömma tantens irriterande ansiktsuttryck.

– ÅH JA! MIN FAVORITLÅT! Skriker hon så det sprutar lite saliv ur munnen av all lycka när hon försökte sjunga med.

DIE MOTHERFUCKER DIE MOTHERFUCKER DIE!!

– You you and YOU! DIE MOTHERFUCKER DIE!" skriker Albin med en lysande skymt av glädje i ögonen och trycker plattan mot mattan så hårt han bara kan. Lufttrycket slungar dom bakåt i sätena och chocken får henne att bubbla av skratt. Vilket bara verkar få honom att pressa gaspedalen ännu hårdare med huvudet hårt pressat emot bilstolen av det vrålande lufttrycket. Det ovårdade håret flyger åt alla och håll och han ser verkligen helt galen ut där han sitter.

Hon kollar länge på honom, och känner till sin förvåning hur hon smälter en aning, för den söta galningen bredvid. Varför har jag aldrig sett den här sidan av honom förut? Han är ju faktiskt rolig. Riktigt rolig. I alla fall just nu. Sen ser han så galet söt ut där han sitter och diggar hetsigt till musiken och skriker svordomar åt de förbipasserande. Men det var något med honom i just det här ögonblicket som får det att pirra hysteriskt magen på henne.

Han bromsar in hastigt, ställer sig tvärt över tre parkeringsplatser och hon kliver funderande ut ur bilen, samtidigt som hon följer hans aggressiva rörelser. Tankarna och pirret som fyller tillvaron avbryts tvärt när hon ser Beiruts fula nuna vid ingången. De befinner sig framför ett stort mentalsjukhus. Beirut tar ett skakigt bloss av cigaretten hon håller i handen. Albin stannar upp och ser medlidande på Beirut.

Hon verkar gnällig tanten, tänker Ilona när
hon står bredvid Albin för att vänta in honom.
Hon kollar på Beirut som fortfarande står och
röker. Hon ser på cigaretten och får nästan
kväva en spya när hon ser de av kedjerök
rynkiga läpparna som sög på den. Vilket får
henne att ta det hastiga beslutet att gå rakt in
igenom de tjocka portarna på sjukhuset. Hur
kan Albin stå där och se så trevlig ut när
tanten ser så äcklig ut?

Hon inbillade sig för någon sekund att det
kändes som att en brännande stirrande känsla
snudde vid hennes bak när hon klev in. Det
måste ha varit inbillning. Albin dröjer sig kvar
utanför hur länge som helst innan hon
äntligen hör ljudet av portarna som snabbt
öppnas och stängs. Hon måste ha inbillat sig
ljudet av någon som försökte kämpa emot en
spya. Inte kan det varit "Albin-The-Psycho-
cop" som hon hade haft turen att digga
hetsigt tillsammans med idag.

Hon flinar för sig själv när hon tänker på
smeknamnet hon precis gett honom.
"Psycho". Undrar vad han skulle tänka om det
undrade hon sedan och log för själv. Hon
satte sig på huk för få en ordentlig titt på hela
scenen.

Hon försöker suga åt sig minsta lilla cell som blotta ögat kan se för att inte missa någon viktig liten detalj. Mördarens teknik är skrämmande nytt och faktiskt helt häpnadsväckande. Men samtidigt finns det något bekant över platsen. Hon blev inte riktigt klok av att försöka analysera de konstiga mönstren. Ibland var det till och med svårt för henne att förstå hur det gått till. Något var riktigt skumt med den här mördaren. Hon kunde inte ens identifiera vilket sorts mordvapen som hade använts.

Blicken far runt och stannar på Albin som av någon skum anledning fortfarande står och velar vid dörren. Hon ropar åt honom att han ska komma. Men hon glömmer snabbt bort honom igen när hon fångas av den groteska mordplatsen med alla knappt igenkännbara köttslamsor. Köttslamsor av det som inte längre kan kallas för lik i hennes mening. Alla är så brutalt sönderslamsade. Det är så svårt att kunna måla upp det framför sig. När hon inte ens kan se om döden hade varit lindrigt snabb eller om offren lidit länge innan de till sist äntligen sjönk ner i dödens smärtfria famn.

Hon inspekterar allt blod på väggarna, och alla inre organ som är så sönderslamsade att det är svårt och se vad som är vad längre. Det är svårt att föreställa sig att det här faktiskt har varit människor en gång i tiden.

Profilerarnas analys:

Skulle jag gissa så upplevde den här gärningsmannen någon sjuk sexuell njutning av att höra offrens smärtsamma dödsskrik. Så därför har mördaren hållit de stackars offren vid medvetande så länge som han velat. Medans mördaren med en sån brutal hunger måste ha krossat de minst vitala organen, ett efter ett. Den otroliga styrkan som använts här tyder på att gärningsmannen borde vara en man. Ilona rullar ögonen åt kvinnan som precis stått och sett så märkvärdig ut när hon delat med sig av sin analys.

– Jo för det vet vi ju att kvinnor brukar vara dom som får någon slags sexuell njutning av att slakta folk, sa Ilona ironiskt med ett tydligt starkt glödande hat som glimrar till i hennes ögon. Det fångar direkt bimbosarnas uppmärksamhet. Men Ilona är helt uppslukad av att analysera mordplatsen. Då ser hon något, ett sorts skimmer. Hon går närmare och sedan fylls hon av triumf

–Jag har hittat saxen, ropade hon åt de andra.

Bimbosarna ger henne ett oengagerat uttryck och rör sig med tydlig motvillighet emot henne där hon står i sin triumf. Men när de ser vad hon hittat blir deras uttryckslösa ansiktsuttryck plötsligt levande och fylls av häpnad.

Gärningsmannen måste ha blivit avbruten här. Mönstret ser inte färdigt ut om man jämför med alla de andra kropparna som alla saknar ansikten.

Men tankarna drunknar hjälplöst i de påträngande ljudet av fånigt tillgjorda röster som omringar henne. Ljudet envisades med att attackera hennes medvetande som kraftiga missiler.

Blåsta jävla Bimbos, tänker hon frustrerat för sig själv.

– kropparna är fortfarande varma så gärningsmannen borde inte vara så långt borta, tränger Ilonas röst fram för att tysta de andra. Albin som nu först har släppt blicken ifrån ena bimbons uppumpade rumpa, nickar instämmande medans han försiktigt lägger ner saxen i en plastpåse med ena handen. samtidigt trycker han den andra handen emot sin axel och gör en smärtsam grimas. Sen går han iväg och undersöker platsen för sig själv.

- En av dörrarna står öppen. Vet vi vem som bodde i det rummet, frågar han och hoppas så starkt in i det sista. Men när Ilona ger honom det fruktade svaret chockas hon av att se Albins kraftiga reaktion, hans ansikte stelnar till och ändrar färg, blir helt likblek. Då som en kraftig uppenbarelse börjar hon sakta pussla ihop alla bitar. När hon väl ser det så önskar hon verkligen att det inte är sant. Hon är så rädd för just Albins skull. Hon försöker frenetiskt hitta en lösning, hitta ett litet ljus i en allt mörkare situation.

Då får hon plötsligt lösningen hon väntat på, så uppenbart att hon nästan klandrade sig själv för att hon inte såg tidigare. Den enda lösningen.

Kapitel 8: Chefens skam

Men ingen vet att samtidigt så lever Polischefen Jack ett hemligt liv isolerad på sitt kontor med allvarlig psykotisk paranoia. Med kraftigt brutala förödande känslomässiga panikattacker. Ingen vet att han i hemlighet under flera års tid sakta börjat leva i en helt annan värld. Ibland har rädslan varit så stark att han spenderat timmar med att panikartat letat sätt att göra sig av med Albin.

Han kände av att Albin gett upp och inte längre verkar ha några spärrar. Paranoian har sakta tagit över och utan att ens märka det själv har han glidit ännu mer ifrån verkligheten. Lite mer för varje gång.

Rädslan blir allt svårare att hantera när Albin börjar komma till jobbet i ostrukna kläder. Den eskalerar när han börjar få syn på kaksmulor i skägget på Albin. Han måste medvetet hånat honom med den där smulan som hängde och dinglade helt tydligt ifrån hans allt grövre skägg. Vilket i hans paranoida värld slutade med att Albin säkert börjat planera mordet på sin chef. Rädslan som han då hade levt med dagligen tärde så hårt på honom att det sakta började göra honom allvarligt sjuk. Han kände sig hela tiden på spänn. Han hoppar till och lyssnar omedvetet efter Albins aggressiva läten.

Så när han väl hör ljudet av en bil som kommer slirande och sedan smällen av att den kraschar så vet han inte längre vad han ska ta sig till och gömmer sig av ren panik under sitt skrivbord tillslut. Därefter ligger han och lyssnar helt livrädd på högljudda svordomar, smällandet av en bildörr, och en våldsam spark på hans konstordörr. Sparken hade lika gärna kunnat vart en spark rakt in i chefens hjälplösa själ.

Chefen är så rädd för Albin just nu, så han ligger och hoppas bedjande på att dörren är låst.

– Kolla om dörren är olåst, hörs Ilonas röst utirån.

Smack

Rädslan blir så stark att han pressar handen emot munnen för att inte yttra ett ljud när alla hans mardrömmar besannas. Och det i samband med den högljudda smällen som betyder att dörren är öppen. Besökarna hade tagit sig in. Han ber till gud i all fruktansvärd rädsla under skrivbordet.

Albin kliver in på chefens konstor med Ilona tätt bakom sig. De ser sig fundersamt omkring och undrar var chefen kunde befinna sig då han vanligtvis spenderade sina timmar på kontoret.

– Han är säkert ute på något nytt fall, säger Ilona tyst.

De möter varandras blickar. Han ser lusten som en brinnande flamma i hennes ögon. Hon vill ha honom vilket får honom att känna hur kroppen fylls av adrenalin av bara tanken på dom två och chefens kontor.

De står ett tag och bara tittar in i varandras ögon. Ilona biter sig i läppen. Lusten blir för stark, de kastar sig på varandra och börjar kyssas passionerat. Albin känner Ilonas tungpiercing emot sin tunga medans hans stora händer vandrar nedför hennes obeskrivligt vackra kropp och han känner hur han snabbt blir stenhård. Han sliter upp hennes labbrock så att knapparna flyger åt alla håll och studsar in under chefens skrivbord. Albin står fortfarande med labbrockens sidor i varsin hand medans han förvånat beundrar Ilonas sexiga underkläder, som var allt hon hade haft på sig hela tiden. Ilona sliter upp hans bälte och börjar treva efter hans gylf när chefen börjar skratta tyst för sig själv under skrivbordet.

Hela händelsen har fått chefen och börja tänka tillbaks på när han som ung polis träffade sin ex-fru. I början då de hade haft det bra och inte kunnat hålla händerna ifrån varandra.

Då händer något märkligt under skrivbordet. Nostalgin och alla de vackra minnena ifrån chefens ex-fru får rädslan att avta en aning. Han börjar minnas känslan när han för första gången hade sex med henne. Så underbart de mått så nykära och unga. Sakta lindras paranoian och tar en helt främmande form. Lugnet, när Albin inte längre kändes så skrämmande. För nu kan han känna igen sig själv i honom. Så börjar han skratta tyst för sig själv när han inser hur bisarr hela situationen är.

När han sen också inser att han ligger under sitt eget skrivbord så reser han sig upp och harklar sig högt för att avbryta sexakten. Han känner sig rätt så nöjd över sig själv när han ser reaktionen han får av Albin och Ilona.

Albin skulle precis tränga sig in i henne. Då hör han ljudet, hoppar till och grips av sådan overklig panik. Det temporära lugnet som han kände slets hastigt bort när han mötte Albins rasande blick och sen några dinglande kaksmulor som verkade håna honom där dom dinglade.

Kapitel 9: Hem ljuva hem

Han fick låna en gammal Volvo att åka runt i istället för sin egna som han hade sladdat runt med och förstört i staden. Han ska tillbaka till scissors, till huset där han växt upp. Jack kostade till och med på sig att köpa en ny och fin fiskeutrustning åt honom. Ilona var också välkommen att sova över när hon ville hade hans mor sagt.

Han kände sig som en familjemedlem här på polisstationen. Eller kanske inte för chefen som bara kändes mer och mer skum nu för tiden. Han tar tydligen konstiga piller som säljs i korvkiosken här nere på gatan.

Men när han planerat Albins semester så verkade han ju omtänksam o engagerad. Hm, nästan lite väl omtänksamma den här gången tänker han, och kliar sig i skägget så att det regnar ner kaksmulor i sätet. Chefens beteende den senaste tiden hade känts lite udda. Det hände ofta att han kände sig övervakad av chefen. Men det måste ju vara ren inbillning.

Han vinkar nöjd hejdå till kollegorna när han åker iväg. Han knäpper på radion och bilen fylls av massa radioprat, då det inte fanns någon cd-spelare. Han fick ta och nöja sig med att lyssna på när en kvinna pratade högt om olika sorters bakverk. Det är väl bättre än total tystnad i alla fall? Men så pratar någon på radion om hur kakor är fyllda med farliga onyttigheter som kan orsaka leversjukdomar. Han blir förbannad och slår in radion med ett hårt knytnävsslag så att kontrollknapparna flyger åt olika håll. Men ansträngningen hade gjort honom hungrig.

– OKEJ!! DU SKA FÅ DINA JÄVLA KAKOR, Skriker han rakt ut emot sin mage och bromsar in vid "Kims livs" vilket var byns enda lilla livsmedelsaffär. Halva affären var redan igenbommad.

– FÖRBANNAT, skriker han rakt ut mot ett träd, trodde han i alla fall. Precis när han skulle slänga en spark emot trädet så fick någon konstig varelse bakom trädet fart i benen. Den tjöt som en stucken gris och sprang snabbt som blixten därifrån.

– Vad fan var det där för någonting egentligen? Konstigaste jävla byhålan scissors, nästan skriker han ut där han står ensam på en den tomma parkeringen. Vem vet vilka djur som parat sig i den här byn?

Rasblandningar och inavel är lika vanligt bland djuren som hos människorna här. Så han sätter sig grymtande i bilen igen när det kommer fram en fet liten gubbe som knackar på bilrutan. Albin velar ett tag med ena handen på fönsterveven och foten på gaspedalen innan han ger efter och vevar ner rutan. Gubben flinar stort åt honom och säger stolt.

–Hej jag heter Bosse och jag har gjort en alldeles egen råglimpa, mitt konditori ligger inuti den där gröna containern där borta. Mannen pekar bort emot en sunkig container med skriften "Bosses konditori" på. Det här var ju helt befängt, mannen måste ju vara efterbliven eller något. Albin har inget tålamod kvar snart så han vevar snabbt upp rutan och burnar därifrån utan att säga ett ord.

Han bländas av solen när han kliver ur bilen.

–Jävla skit jag måste komma ihåg att köpa ett par solbrillor när jag åker och handlar sedan. Om jag kan hitta någon affär som inte är igenbommad vill säga, muttrar han för sig själv.

Han andas in den friska luften och känner hur solskenet kramar om honom med någon slags varm ömhet. Det är nästan lite nostalgikänsla över att vara tillbaka till sitt barndomshus igen. Stugan var väldigt gammal och fallfärdig utanpå. Precis som han mindes den. Men insidan hade varit hans paradis som barn. Hur mycket möjligheter hade det inte funnits för ett fantasifullt litet barn att fantisera fram där inne? Han ler brett när han tänker tillbaka på hur han låtsades att de levde i ett stort hus med massor av korridorer med hundratals rum precis som Ilona hade gjort i herrgården mittemot deras stuga. Men i hans fantasier så hade stugan haft lutande golv som han hade sett i "Det lustiga huset" på tivolin.

Han känner hur magen knorrar till igen när han håller på att packa in väskorna i sitt gamla pojkrum.

Jag kan ju alltid köra förbi stadens café "Fika med Erika" och köpa på mig några kakpaket, tänker han för sig själv och klappar på sin kurrande mage. Han skuttar in i bilen igen och sladdar snabbt iväg emot caféet. Men han får en tanke som får honom att tvärbromsa mitt i bilvägen. Bilen bakom försöker svänga förbi honom i all hast men kör ner i diket bredvid honom.

Hade Rachel fortfarande levt idag så hade hon direkt börjat tjata om hans kakätande. Han översvämmas av tomheten inuti när han börjar minnas Rachel.

– Jag kommer fan aldrig hitta någon som dig igen ska du veta, gnyr han fram o fäller en tår. Först 2, 3 och sedan ett helt hav som forsar ur ögonen på honom. Han kan gråta hur mycket han vill men han vet ju innerst inne att det aldrig kommer göra någon skillnad. Hon är borta och kommer aldrig tillbaka.

– HON KOMMER ALDRIG TILLBAKS, skriker han rakt upp i skyn trots att han aldrig varit särskilt troende.

–VARFÖR TOG DU JORDENS MEST VÄRDEFULLASTE VARELSE NÄR DU BORDE TAGIT MIG!? Jag förtjänar inte att finnas här när inte du gör det, snörvlar han fram. Snor rinner ner i knäet på honom. Men han är alldeles för upptagen med att skrika, störttjuta o förbanna gud om han nu fanns för att lägga märke till det.

Han var den som var en dålig människa här. Inte hon tänkte han. Han fylls av ytterligare skuldkänslor över att han inte hört av sig så mycket till sin bror i fängelset sedan Rachel gick bort. Och när hans bror väl hört av sig så hade han alltid hittat på ursäkter för att slippa åka upp till fängelset och besöka honom.

Depressionen hade tagit hårt på honom. Han hade nästan aldrig någon kraft till att göra mer än att dega i sängen hela dagarna och tröstäta kakor. Kollegorna skrattade åt honom när han dök upp på jobbet med matrester på kläderna och kaksmulor i skägget. Det blir lätt så när det är svårt att ta sig upp ur sängen om dagarna. Man äter och spiller mat i sängen och när man inte har kraft att byta sängkläder så ligger man kvar i matresterna hela dagen. Fan va sunkig han var, ett riktigt äckel.

Bäst att ringa fängelset och boka tid nu annars så lär det väl aldrig bli av. Han letar upp sin brors nummer och trycker på knappen med luren på. Han är nog den enda personen i dagens samhälle som fortfarande har en vanlig hederlig gammal knapptelefon. Det går fram signal efter signal och tillsist hörs en röst ifrån andra sidan. Men då får Albin syn på något annat som lockar hans uppmärksamhet mycket mer. Han sänker ner handen med mobilen i och börjar springa efter en liten flicka med flätat hår och någon slags Scout-klädsel som gick omkring med en stor släpkärra fullproppad med kakor. Flickan blir lite rädd och ökar takten när hon får syn på galningen som springer efter.

–Vänta! Vänta snälla, ropar han desperat efter henne. Men hon blir bara ännu räddare och ökar tempot. Hon småspringer tills ett av hjulen på släpkärran fastnar i ett hål i marken och kärran välts så att det flyger kakpaket åt alla håll, flickan sätter sig ner på marken bredvid och gråter förtvivlat medans hon hulkar fram..

"Vvv*snyft* vad ska *snyft* mamma *snyft* säga nu *snyft* Nuhuhu?"

Albin som nu hunnit ifatt flickan lägger en tröstande hand på hennes axel och förklarar att allt kommer ordna sig. Han köper alla kakpaket även de som är trasiga. Hon kollar på honom med stora ögon en stund, sen ler hon så där oskyldigt och glatt som bara ett barn kan. Då var det problemet löst, både för flickan och för Albin. Han kör nöjd hem till stugan.

Han visslar till lite för sig själv när han går in i stugan, den såg precis ut som när han flyttat där ifrån för ett antal år sedan. Han mor verkade inte vara hemma än. Han lämnar väskorna i hallen, sparkar av sig skorna och slänger sig på den gamla bruna manchestersoffan.

Suck! Den gamla TV:n hade ju inte någon fjärkontroll det hade han glömt bort. Han reser sig upp, går fram till TV:n och knäpper mellan kanalerna. Jävlar vad mycket faktakanaler de fanns. Sexan, där hade vi någonting! Han hinner nog kolla på något avsnitt av Seinfeld i alla fall. Han ger ifrån sig en hög och tydlig rap när han slänger sig ner i soffan igen. Jädrans vilken hög rap han fick till utan att han ens ansträngde sig! Den skulle kollegorna på jobbet hört.

Han skrattar högt och villt till skämten på TV:n, även om de inte var så roliga alls. Det gäller ju att överrösta dom irriterande bakgrundsskratten. Vad var egentligen meningen med att skratten jämnt skulle vara högre än själva TV-pratet? När man suttit där och ställt in precis rätt volym för att man ska höra vad de säger och för att det inte ska vara så högt att grannarna ska störas, så kommer dedär skratten och man måste hoppa upp för att sänka bara för att man ska behöva höja igen när man inte hör va de säger. Det är precis samma sak med reklamen. När man somnat till lite skönt på soffan så blir man väckt när reklamen krämar på. Tur att han var

tillbaka i stugan i alla fall.Här kunde han
väsnas hur mycket han ville.

Pling! Mobilen blinkade till. Han har fått ett
MMS från Krillan på jobbet. Vad kan den där
fjanten vilja mig? Han tar irriterat mobilen och
klickar upp MMS:et. Det han får se gör honom
så förbannad att han slår hårt med näven i
bordet. Bilden föreställer Ilona när hon står
och arbetar i labbet med hela polisgänget som
publik bakom sig med texten "Öppna rocken
kvinna!".

Han gillar inte alls tanken på att de andra
killarna uppe på stationen nu står och dreglar
över Ilona, som om hon bara var något
sexobjekt. Hon var ju så himla mycket mer än
så, men visst hade det varit sexigt när han
upptäckte att hon bara hade underkläder
under labbrocken. Tankarna avbryts när han
får syn på klockan uppe i hörnet på mobilen,
tjugo över åtta. "Consume" den enda stora
mataffären i scissors stänger om fyrtio
minuter. Om han skulle hinna handla så fick
han skynda sig. För nu hade han ju bara kakor
att leva på. Han hoppar upp ur soffan och
rusar ut till bilen.

Bilen guppar något förskräckligt när han
burnar på grusvägen. Bara inte den här gamla
skruttbilen går sönder här ute mitt i
ingenstans. Men den verkar fortfarande vara

hel när han tvärbromsar utanför Consume.
Han kollar på klockan, fem i nio. Det fick gå
jävigt fort nu. Han rusar in kastar ner
matvaror i vagnen, kakdeg, Bob & Görans
glass med kakdegssmak, ytterligare massor
kakpaket och tillslut Öl för det är ett måste.
Hm, det finns inga ölsorter jag känner igen
här? Jag får väl nöja mig med dom här.
Burkarna är kethupröda med ett lamm på
framsidan. "Cheap-head" står det med svart
text. Han står länge och velar på
ölavdelningen. Vågar han verkligen testa
fårskalle-ölen?

– Vi stänger nu, hördes en röst ifrån kassorna.
Det får väl bli Cheap-heads öl då! Tanten i
kassan blänger surt på honom när han lägger
upp sina varor på rullbandet. Här har vi en
gammal bitter tant som aldrig får sig något
längre. Så är hon väl också bitter på
ungdomarna för att hennes liv måste ha glidit
henne ur händerna.

– Det blir tvåhundrasextio kronor, säger hon
och blänger på honom. Han börjar leta efter
plånboken. Var kan den vara? Säg inte att jag
glömt den hemma. Han känner hur hennes
arga blick bara gör honom mer och mer
uppstressad. Då kom han på vart han glömt
den!

– Vänta lite medans jag bara springer och hämtar min plånbok. Den ligger i bilen, ropar och springer ut mot parkeringen. Han känner hennes blick bränna i ryggen hela vägen ut. Nu ser han plånboken, kastad i passagerarsätet bredvid. Allt blir bara kaos när man stressar. När han sedan kommer in och betalar med andan i halsen så förklarar tanten snorkigt att han borde ha bättre koll på sina pengar. Jaja, huvudsaken var väl att han betalade för mig?

Han slänger ner påsarna i passagerarsätet bredvid. Jag har ingen ork att krångla med bakluckan just nu, tänker han surt. Hade han velat träffa en gammal tjurig tant så hade han väl åkt och besökt sin mormor istället.

Förbannat! Nu vägrar bilen att starta också. Han går ut för att kolla om det finns någon där som kan hjälpa honom. Det står bara en annan bil på hela parkeringen. Det måste nog vara tantens bil och henne tänker jag absolut inte be om hjälp. Han sparkar till bilen allt vad han har, går in och sätter sig och försöker sedan att starta den en sista gång.

Nu funkar den minsann. Lite våld löser allt! Han ser i backspegeln hur tanten kommer ut ur butiken och kollar sig runt. Hon hade väl hört den högljudda sparken emot bilen. Vilken tur jag hade som lyckades åka iväg precis innan hon kom ut. Jag är ju fan ledig. Om han inte fick koppla av nu, när skulle han då få göra det? Tanten kliver in i bilen och börjar köra efter honom. Hon skulle väl säkert bara samma väg som honom. Men ju längre in han kom på grusvägen med tanten tätt bakom så börjar han oroa sig. Vad var hon för en egentligen? Vem förföljer främlingar mitt i natten? Hon kan ju inte vara i sina sinnens fulla bruk.

Han kör in mot stugan och ser hur hon saktar ner och kör långsamt förbi. Hon blänger hotfullt på honom och pekar finger åt honom när hon kör förbi. Det är tydligt att hon ville visa att han borde passa sig. Men varför? Vad hade han gjort henne? Alla var ju fan knäppa i den här staden. Aja, vad ska hon göra mig? Det är ju bara larvigt. Vad skulle en liten skröplig kvinna göra mot mig? Det hade ju bara varit att knuffa undan henne, hur lätt som helst. Hon ska inte få tro att hon kan komma här och förstöra min ledighet!

Han kliver in i stugan och kollar sig misstänksamt runt. Det känns som att någon varit här och flyttat runt på saker medans han varit borta. Det stod en tekopp på köksbordet.

När han tar en närmare titt så upptäcker han att det fortfarande finns lite te kvar i botten. Han luktar på koppen, det luktar kanel. Inte har väl jag druckit något te? Vem håller på med sådan bög-dricka? Men det måste väl ha varit jag. Vem annars? Det är ju bara inte logiskt annars. Det är säkert bara jag som skrämmer upp mig själv i onödan. Först så får jag för mig att en medelålders kvinna som jag inte ens känner skulle vara ute efter mig o nu att någon skulle ha varit här och druckit te. Han försöker övertyga sig själv om att det inte är sant även fast det är svårt att överrösta paranoian inom honom. Så han börjar sysselsätta sig med att packa in varorna, bara för att slippa tänka på allt de konstiga som hans hjärna inte ville släppa.

Fnys Arbetsskadad är man väl, på jobbet får man ju se alla grymheter som människor kan göra emot varandra. Ärligt talat så var han mycket räddare för andra människor än för spöken, demoner och sånt där skit. Vi människor kan vara så otroligt grymma mot varandra. Nu när jag befinner mig ensam i en stuga så är det väl inte lustigt att jag skrämmer upp mig själv lite? Vem hade inte gjort de egentligen?

Han gick in i sitt gamla pojkrum, satte på TV:n och slängde sig i sängen. Nu var det dags att drunkna i TV:ns värld.

Kapitel 10: Ménage à trois

En vanlig dag på labbet? Hm, nej. Det var nu bara några timmar sen hon hade känt Albins hårda bula pressad emot sig. Hon kan inte låta bli att le ofriviligt varje gång hon ser honom framför sig.

-tre oändligt långa timmar och fyrtiosex plågsamma minuter sedan han gick ut ifrån den där dörren, muttrar hon knappt hörbart för sig själv. Nu befinner han sig i stugan där han hade bott som liten. Stugan mittemot herrgården där Ilonas föräldrar fortfarande bor.

Hon kan inte släppa hans kropp, känslan av hans närhet och fan vilken elektrisk sexuell kemi de hade tillsammans.

Som små så hade de varit rätt nära vänner en gång i tiden, men sen hade dom blivit osams om någonting. Vad var det egentligen? Hon minns hur dom verkligen hatade varandra. Han bodde i det fattiga lilla huset mittemot herrgården där hon bodde med sin familj. Det var den enda herrgården i hela scissors, vilket fick henne att gå omkring och tro att hon var den som bestämde när alla barnen lekte tillsammans. På lekplatsen och på gatorna i den lilla byn där hade hon gått omkring och trott att hon var bättre än alla andra.

Men så fort hon kom hem då började kränkningarna, slagen och de nedtryckande sårande orden igen. Hon var en skam för sin familj. För ful, för tjock och för misslyckad. Hon mindes hur hon brukade sitta i sitt lyxiga fönster och kolla in hos Albin och låtsas att hon bodde där istället. Hon drömde att det var hon som satt där istället för honom i hans mors famn.

Någonting i hur han hade rört vid henne idag hade väckt just dom känslorna hos henne. Hon förstod det inte själv, men det var första gången hon känt riktig ömhet och omtanke under sexuella aktiviteter. Innan hade hon alltid trott att själva akten egentligen bara var till för killens njutning. Och de få gångerna som hon lyckats klimaxera innan killen hade bara varit jackpot. Men nu börjar hon undra om det kanske fanns andra sätt. Om hon kanske också var värd den njutning som hon alltid sett och avundats i deras blickar när de sedan rullat av för att sedan bara kasta henne åt sidan och gå därifrån.

Albin hade väckt en stor nyfikenhet inom henne, hur mycket hon än försökte kämpa emot det. Det var så ovant för henne att känna att hon kunde njuta också. Hon blir upphetsad av att bara tänka på hur ömt han hade kramat om hennes bröst, och det sköna pirret i underlivet. Det var ingenting som den hårda okänsliga beröringen hon var van vid.

Hon försöker verkligen kämpa emot känslan av att koppla av och bara ge sig själv till en man. Det var så främmande för henne. Men nyfikenheten och pirret i underlivet har total kontroll över henne. Hon är fan hjälplös. Men bara en gång kunde väl inte skada? Lusten är så stark att hon skakar i hela kroppen. Efter många om och men så släpper hon in känslorna, hon behöver honom nu. NU! Hon slänger en blick på klockan och känner genast en klump i magen när hon ser att det är hela tre timmar kvar av hennes pass. Men det är omöjligt att få någonting gjort när hon känner det så starkt i hela kroppen. Kanske är det inte lust alls som jag känner. Jag har nog bara blivit sjuk, försöker hon intala sig själv. Men hjärnan är en smärtsam påminnelse om att hon vet bättre.

Hon känner en stark irritation på chefen som bara står där med en kaffekopp i handen och kollar in henne med ett stort äckligt flin på läpparna. Nu är det inte längre bara hennes lilla hemlighet vad hon har på sig under rocken. För chefen hade tidigare sett på när hon och Albin skulle ha sex inne på hans kontor. Känslan av äckel får henne att rysa när hon känner hur han klär av henne med blicken, antagligen. Men han gjorde ju inget mer. Då kan det väl inte räknas som sexuella trakasserier? Hon känner sig i alla fall trakasserad. Jävla äckelgubbe, tänker hon bittert för sig själv. Hon biter sig i läppen för att hindra sig själv ifrån att göra något som hon senare skulle få ångra. Obehagskänslorna är så extrema, och för ett ögonblick tycker hon att hon känner igen sin pappas ansikte i chefens flin. Då tappar hon totalt kontrollen.

Du har ingen rätt att bestämma över mig! Jag är mig själv! Dra åt helvete din feta gubbe, skriker hon. Det var precis det som hon skrikit åt sin far för så länge sedan när hon tillslut hoppat ut ur fönstret och rymt hemifrån. Hon sätter sig på huk, tar ett djupt andetag och försöker inse att det faktiskt är chefen som är framför henne. Kärleken till hennes jobb skriker kraftfullt inuti huvudet på henne att sluta, be om ursäkt, be på knä om att få sitt jobb tillbaka.

Men känslan av att hon aldrig tänker låta sig förnedras igen växer starkare inom henne.

95

FUCK IT ALL. Tänker hon högt för sig själv. Hon vänder sig om och blänger på chefen som faktiskt börjar se lite rädd ut vid det här laget. Hon ger honom lugnt fingret och hoppar ut genom fönstret, precis som hon alltid gjort hemma som tonåring.

Adrenalinet som pumpar i kroppen när hon bara springer ifrån labbet utan att bry som om vad som skulle hända får henne att känna sig så levande igen. Hon känner sig nästan ung igen.

Känslorna som Albin hade väckt inom henne fick henne att återigen drömma. Drömma om att det var hon som var Albin och fick all kärlek som hon sett honom få av sin mamma i det fallfärdiga lilla huset. Hon struntade i hur konstigt det än kändes. Ja nu skulle hon bara leva och ge efter för varenda känsla som kom och strunta i alla andra för en gångs skull.

Även fast hon inte förstår varför just nu, så är det egentligen inte så konstigt att hon kopplade ihop Albins beröring, med bilden i hennes huvud. Bilden av hans mamma som kramar om sin son. Dessa två minnen var den enda kärlek som hon visste om. Innerst inne ville hon bara känna sig betydelsefull som vilken vanlig person som helst. Men det är inte det lättaste när rädslan alltid får henne att vända taggarna utåt och aldrig vågat släppa in någon.

Så hon springer mot det som känns så bra just nu. Exakt samma upprymda känslor som Ilona upplevde just nu, känner Albin också när han ligger ensam på sin säng i sitt gamla pojkrum, och tänker tillbaka på dagens händelser.

Så utan att veta om det så är de känslomässigt sammankopplade just i denna stund.

Ilona stannar upp efter en bit och försöker lifta, men i den första bilen som passserar henne satt det en sur tant som utan anledning blängde på henne och sen gav henne fingret. Ilona blev så uppretad att hon bestämer sig för att stjäla en moped och åker så fort hon kan till Albin.

När hon sedan får syn på den lilla stugan som hon känner igen, så väl dumpar hon mopeden i ett dike, och springer så snabbt hon bara kan till Albin.

Ja, hans sängfönster står öppet och man ser ett svagt ljussken inifrån på det gamla trädet utanför. Skulle hon kanske ta och hoppa in igenom fönstret som de hade gjort när de var barn? JA! Vad han kommer att bli förvånad, tänker hon för sig själv och känner sig så busig.

Hon fnissar lågt för sig själv när hon klättrar upp i trädet med samma vana hon en gång haft. Men när hon försöker klättra ut på grenen vid hans fönster hörs ett högt knak under hennes fötter. Panikslaget inser hon att grenen inte längre kommer att klara av hennes vikt.

Albin väcks av nyfikenhet när han hör ljuden utanför och tittar ut. Hennes ansiktsuttryck får honom direkt att förstå faran. Hans reflexer får honom att blixtsnabbt fånga upp henne precis innan grenen flyger ner i backen. Chocken får Ilona att skratta hysteriskt när hon ligger där i hans famn. Skrattet smittar av sig så de börjar gapskratta båda två. Mitt i allt skratt så minns Ilona att han haft rosa "Hello-kitty" kalsonger på sig förut. Vart kom de ifrån egentligen dom där kalsongerna? Han hade ju själv sagt att han inte visste. Allt var bara så hysteriskt roligt.

Nu pekar Albin på Ilona och börjar skratta åt henne. Hon ser på honom frågande.

– Om du bara visste hur rolig du ser ut med mascara i hela ansiktet, får han fram och ger ifrån sig ett glatt skrik innan han fortsätter skratta.

Det är väl antagligen bara mascaran som smetat ut sig av alla glädjetårar tidigare, tänker hon för sig själv och börjar gå mot toaletten för att se hur stor "mascara-katastrofen"var. Inte för att hon brydde sig så himla mycket, men han verkade ju göra det så. Hon öppnar försiktigt toadörren, sträcker sig mot ljusknappen och stelnar till panikslaget. I spegeln ser hon en annan kvinna och kollar tillbaka på henne.

– Vem är du, frågar dom samtidigt i munnen på varandra.

Så Ilona försöker lugna ner sig och börjar istället försöka analysera både läget och kvinnan. Hon kändes så bekant på något sätt men hon verkade ju inte vara någon ifrån jobbet. Det fanns ju inte särskilt mycket folk i den här staden. Men att kvinnan stod inuti en spegel var konstigt nog inget som hon tänkte på nu. Det var något med kvinnan som hon inte kunde sätta fingret på

Då dyker plötsligt Albin upp bakom Ilona och lägger ena handen på hennes bröst. I spegeln dyker det också upp en hand på den andra kvinnans bröst, men spegelvänt då.

Hon vänder sig om för att se om Albin också sett vad som hänt i spegeln, men han verkade lite för upptagen med att kolla in Ilonas kropp där han stod. Hon vänder sig om igen och kollar på kvinnan. Nu var det inte längre någon hand kvar i spegeln. Kvinnan bara står där helt ensam och blänger på henne med hat i blicken. Men av någon konstig anledning känner Ilona bara sorg när hon står där. Hon fylls av en sådan stark oförklarlig sorg.

– Vem är det där frågar Ilona, chockerat och petar till Albin för att få honom att vända upp huvudet och också se kvinnan i spegeln. Han ser lite besvärad ut men lyfter motvilligt upp huvudet. Hon iakttar honom chockerat när han ser kvinnan och blir helt vit i ansiktet.Han vänder om och stapplar långsamt fram mot sitt nattduksbord.

Där lyfter han upp en väldigt fin guldkantad ram. Ilona visste mycket väl vad som befann sig i den ramen. Nu visste hon varför hon hade känt igen kvinnan. Men det kunde ju inte vara hon.

Inuti ramen satt Rachels gamla dödsannons, som han hade haft bredvid sig på nattbordet ända sen han fått den smärtsamma vetskapen om Rachels hemska självmord. Ilona ser på Rachel, möter hennes blick, ser in de tårfyllda bedjande ögonen och då inser hon direkt att det är Rachels känslor som hon känt hela tiden. På något konstigt sätt så verkade dem känslomässigt sammanflätade av en osynlig slinga. Det kunde också förklara varför hon inte känt samma rädsla och chock som Albin så tydligt hade känt.

Ilona sträcker ut handen för att se om hon skulle känna den kalla blanka ytan av spegeln, eller om hon faktiskt kunde ta på Rachel. Hon sken genast upp av Ilonas beröring, kinden var så otroligt len och mjuk under Ilonas fingrar. Rachel sträcker ut handen ur spegeln och fram mot Ilona som tar den i sin. De står så ett tag innan Rachel börjar försöka ta sig ur spegeln. Det ser så graciöst ut på något sätt. Hon är verkligen vacker och hon verkar så oskuldsfull. Ilona borde nog egentligen känna sig svartsjuk, men det är som att hennes egna känslor är blockerade, och allt hon kan känna är Rachels känslor. De ser på varandra och ler när de tar varandras händer, och börjar gå mot sovrummet där Albin fortfarande befinner sig.

När han får syn på dem ståendes framför honom hand i hand, så slås han av så många blandade känslor. Både sköna och skrämmande.

-Du lovade, viskade Rachel lågt.

Det känns som att viskningen bara fortsätter att eka långt efteråt.
Ilona flämtar till av förvåning när hon nu känner vad det är som Rachel menar.

– Du gav henne aldrig den där speciella bröllopsnatten som du lovade, säger hon med osäker röst.

Albin är fortfarande helt likblek och rör sig inte ur fläcken.

Utan att tänka så går Ilona fram emot Rachel och börjar omtänksamt att smeka hennes runda mjuka bröst, precis som Albin gjort med hennes tidigare idag.

Då kvicknar tydligen Albin till och är snabbt framme hos dem. Ilona känner både ett sting av svartsjuka och glädje för den stackars kvinnan när hon ser kärleken i Albins blick när han ser Rachel i ögonen. Han börjar sakta att röra henne kärleksfullt.

Det var första gången hon känt en egen känsla sen Rachel dykt upp. När hon tänker efter så verkar Rachels känslor ha lämnat hennes medvetande helt och hållet. Tankarna avbryts när hon märker att Rachel fult nog hade passat på att trycka undan Ilona då hon stått och funderat för sig själv. Handlingen kom som en stor chock för Ilona som i tonåren fått inpräntat i huvudet att tjejer måste hålla ihop och akta sig noga för alla män.

Ilona som nu verkligen börjar bli förbannad ställer sig bestämt med armarna i kors och blänger på Rachel och Albin. De verkar helt upptagna i sin egen värld där de står och kysser varandra. Känslan av att bli ignorerad får ilskan att börja koka inombords. Ilskan tar över helt. Hon drar impulsivt ut en byrålåda som råkar vara det närmaste föremålet, och kastar ut den genom fönstret, samtidigt som hon ger ifrån sig ett högt skrik.

Albin och Rachel som hoppade till av rädsla då byrålådan flugit förbi. De står nu helt knäpptysta, och bara kollar förvånat på Ilona, som nu börjar inse vad hon precis har gjort. Hon kollar skamset upp och möter Albins blick. Sedan börjar båda två helt plötsligt att gapskratta hysteriskt. Rachel ser nästan förfärad ut när hon står där och betrakar dom när dom skrattar så att tårarna bara sprutar båda två. Det slutar med att Ilona ligger på golvet och viker sig av skratt , medans Albin är tvungen att stå och ta stöd mot skrivbordet för att hålla balansen. Han kollar på Ilona som nu både skrattar och kippar efter luft på golvet.

– Du är bara så jävla underbar alltså, pressar han fram och sjunker sedan ner på golvet bredvid.

Ilona blir först tyst och försöker ge Albin ett stort leende, när hon istället börjar andas häftigt efter allt skratt. Men inombords bubblade hon av lycka över Albins ord. Det här ögonblicket skulle hon aldrig glömma.

Ett irriterande barnsligt gnäll trängde sig högljutt in i hennes nyfunna värld av lycka. Det är ju självklart Rachel som står där och stirrar på Albin med trotts i blicken. Hon påminner om ett barn som inte fått den leksaken hon ville ha. Ilona skäms nästan för Rachels skull. Både för hennes barnsliga beteende, och för det pinsamma gnällandet som aldrig verkade få något slut. Albin kollar upp på Rachel. Han kollar på henne med bestämdhet i blicken, tills hon äntligen slutat gnälla och bara står där tyst. Han låter bestämd men man hör på honom att han samtidigt bryr sig väldigt mycket om henne när han börjar förklara för henne. Samtidigt kan Ilona inte låta bli att fnissa tyst för sig själv. Hon inser att han även pratar med henne på ett sätt, som påminner om en pappa, som försöker förklara för sin dotter att nu är det nog.

–Jag vill inte leva i din värld av lögner längre. Anar du ens hur mycket du sårar andra genom ditt beteende? Jag trodde verkligen på allt du sa. Jag fan sparade mig själv för dig. Du sög av min bästa vän så fort jag började lumpen. Jag hade verkligen en anledning att dumpa dig, och jag kan inte fortsätta ta på mig skulden för ditt självmord. Orden hänger kvar i luften ett tag, det som sagts var en stor förvånansvärd nyhet för Ilona. Hon känner sådant medlidande för Albin när hon tänker tillbaks och börjar minnas hur hela byn hade beskyllt honom för Rachels självmord. Under tiden som han alltså hade haft en ursäkt som kunnat rentvå honom, men hållit det inombords. Antagligen för Rachels skull.

Hon kollar på Rachel, och känner sådan stark avsky för henne, där hon står och tittar vädjande på Albin med stora ledsna hundögon. Ilona tappar nästan hakan när hon ser hur Rachel har mage nog att sträcka ut sina sönderskurna handleder emot Albin. Som för att också anklaga honom. Albins blick börjar nu flacka oroligt fram och tillbaka. Det märks så tydligt att han verkligen kämpar med sina känslor just nu. Rachel, den vidriga lilla divan. Här hade hon någon som gett henne så mycket redan, sen står hon här och kräver ännu mer.

Hon går direkt fram till Albin och försöker stötta honom genom att trycka hans hand i sin. Samtidigt så blänger hon på Rachel och verkligen försöker visa henne med blicken hur förbannad hon är på henne just nu. Albin som förut hade stått och skakat en aning måste ha reagerat på Ilonas närvaro. För nu hade blicken slutat flacka och han verkar mer avslappnad. Rachel reagerar återigen som ett trotsigt barn. Hon blundar, pressar aggressivt igen ögonlocken och ger ifrån sig ett öronbedövande skrik som bara verkar eskalera. Det känns så overkligt. Hur skulle någon kunna skrika så högt? Det skär förskräckligt i trumhinnorna.

Ilona pressar instinktivt händerna för öronen när hon möts av en så groteskt overklig syn. Först börjar Rachels ansikte att se riktigt konstigt ut, som att det börjar rinna. sedan så rinner hela hon bort i tomma intet framför ögonen på dom.

Vad var det som precis hade hänt egentligen? Men vad hade dom förväntat sig egentligen? Albins döda ex-flickvän dyker upp igenom en spegel. Allt var ju redan ologiskt vid det här laget. Ilona trycker Albins hand som fortfarande ligger kvar i hennes. Hon kollar medlidande på honom lägger huvudet på sned och viskar lite darrigt fram.

– Du förstår väl att det inte var ditt fel?

Albins reaktion var allt annat än hon räknat med. Han ler stort åt henne, ger henne en busig blick och säger

– Ta av dig byxorna.

Kapitel 11: Bitches

Rachel var hans första kärlek. Han hade trott att deras förhållande skulle hålla till döden. Hon tillhörde den enda starkt kristna familjen i hela scissors, vilket betydde att de inte kunde ha sex fören de hade gift sig.

Det hade inte varit lätt att vara den enda oskulden bland killarna på skolan. Speciellt inte då hans bästa vän sedan barndomen, Gurra, bara pratade om sex hela tiden, han hade legat med nästan varenda tjej i scissors och hans mål var att lyckas med varenda en. Sedan fanns också Rachels svartsjuka eftersom att hon visste att alla andra tjejer kunde ge Albin något som hon själv inte kunde. Gurra retades ofta med Albin. Han körde upp sina fingrar under näsan på honom och hångarvade.

– Lukta på det här, så luktar en riktig fitta, hade han skrattat.

Men kärleken gav honom styrkan att stå ut. De skulle ju gifta sig så fort de kunde. Albin såg sin chans att få ihop pengarna till bröllopet och sökte in till lumpen. Det enda som fick honom att stå ut med allt lidande där var tanken på Rachel och deras kommande bröllop. Hur dom skulle leva lyckliga tillsammans i alla sina dagar.

Sedan kom ryktena om Rachels abort, vilket verkade helt ologiskt. För hon var ju oskuld precis som han. Så en kväll kom Gurra med ett plågat ansiktsuttryck. Han krossade hela Albins värld när han berättade sanningen om vad han och Rachel hade gjort när Albin varit borta. Det var sista gången han pratade med Gurra, för att det blev för svårt för dem. Gurra kände sådan skuld och Albin kände sådant svek bara de såg varandra.

Sårad försökte han få en förklaring ifrån Rachel som genast började gråta och skyllde på att hon blev våldtagen. Albin som känt Gurra sedan barndomen. Han kunde smärtsamt se alla små lögner i Rachels berättelse om hur det skulle ha gått till. Hon ljög för honom. Hon hade legat med Gurra av alla personer och nu ljög hon för honom och försökte få honom att tycka synd om henne. Han klarade inte av mer. Förkrossad lämnade han Rachel och alla drömmar om deras framtid tillsammans.

Nu hade han pengarna till giftermålet, men det skulle aldrig bli något. Han festade upp det mesta. Han låg runt och tog sig tillslut till byns egna lilla strippklubb. Där upptäckte han Ilona, som han lekt med som barn. Hon som hade bott i herrgården mittemot stugan han bott i. Det blev en vana för honom att komma dit och iaktta henne. Men han såg alltid till att hon inte såg honom i folkmassan. Där hade vi raka motsatsen mot Rachel.

Kapitel 12: Den förbjudna frestelsen

Den lyckligaste dagen I Ilonas liv var den
dagen hon träffade Hennessy.

Hon var 16 år och så obeskrivligt vilsen. Det
var så svårt att fatta beslut när hon inte ens
visste själv vad hon ville eller ens vem hon
var. Det enda hon visste var att hon inte
kunde fortsätta blunda för sanningen och
tvinga sig hem igen. Hon har hemlös, vilsen
på en färd utan ett mål.

Då händer det något som förändrar hennes liv
för all framtid. När hon osäkert och tveksamt
försöker pressa sig fram genom den tätt
befolkade gränden av mestadels äckliga
neddrogade gubbar. Då Kommer hon äntligen
tillräckligt nära för att få se vad som lockat
hennes uppmärksamhet.

Någon som sticker ut så uppenbart. Ilona dras
till henne. Förmodligen för hennes pappas
fördomar mot strippor och särskilt dom med
afrikanskt ursprung . Det förbjudna i detta
specifika utseende och etnicitet, som hon bär
upp som en medalj under den halvtrasiga
gatulampans sprakande läte och flackande

sken. Medans hon avgudar denna
självständiga skapelse som totalt motbevisade
allt hennes pappa hade lurat i henne. Hennes
hud är som en ljuv blandning av kaffe med
grädde och socker i gatulampans sken.

Hennes vackra utstrålning får den bisarrt
smutsiga omgivning med den snuskiga
stanken av svett och skam plötsligt att kännas
stilig och lockande. Hennessy blåser ut
cigarettrök och vänder sig fundersamt sig om,
som om hon redan anade att hon var
iakttagen och möter Ilonas blick. I detta
ögonblick fylls Ilona av en blandning av både
förundran och fruktan. När blickarna möts så
ändras Hennessys irriterade ansiktsuttryck till
en genomborrande intensiv kontakt mellan
dem två. Vilket får Ilona att känna att hela
hennes själ var blottad inför den främmande
kvinnan. Hennessy tar bestämda steg med
sina höga stilettklackar rakt fram mot Ilona.
Samtidigt fimpar hon iskallt cigaretten på
någon drogpåverkad desperat snuskig gubbe
som bara stod och spydde ur sig förolämpade
kränkningar emot en annan strippa.

I samma stund som mannen ursinnigt går till
attack emot Hennessy så blir han stoppad i ett
hastigt men bestämt ryck. Bakom honom
hade en skrämmande överdrivet muskulös
portvakt till stippklubben dykt upp. Han hade

lyft upp honom, och sedan bara kastat iväg gubben med märkbar vana. Rörelserna påminde om en viking som slungar iväg en liten vante flera meter.

Men kvinnan rörde inte ens en min när hon iskallt fortsatte att gå med en sån lysande självständighet mot Ilona. Då börjar Ilona inse vilken makt denna beundransvärda kvinna har. För vanan syntes så tydligt nu när hon saktar in en aning, vickar lite flörtigt med höfterna åt henne. Hennessy stannar upp och lägger handen ömt på Ilonas höft och viskar med en bestämd och samtidigt förförisk ton

– Om du ska stanna här så måste du hålla dig till mig, du är inte trygg här.

Beröringen och gesten är något som Ilona aldrig upplevt innan. Hon kände för första gången total trygghet. Så utan att tänka sig för så följer hon automatiskt med kvinnan. Lustigt att när man släpper sina fördomar och bara följer sitt hjärta, så uppenbarar sig den rätta vägen. Hennes öde var för tillfället placerat i Hennessys otroligt vackra händer.

Bara den lilla beröringen av Henneseys silkeslena hand emot sin höft gav Ilona så mycket upphetsning. Ilona följer bara efter kvinnan helt naturligt och frågar lite försiktigt

– vart är vi på väg, nästan stammar hon undrande fram.

Då vänder sig Hennessy mot Ilona med ett förbryllande leende. Hon ser glöden i blicken på henne medans hon öppnar bakdörren till strippklubben där ytterligare två stora muskelberg till vakter står stilla som statyer i en kolsvart korridor. Medans de passerar en metalldetektor, som går av som en polissiren i harlem, då avaktiverar ena vakten larmet i ett snabbt rutinmässigt ryck. Han vänder sig emot Hennesy med ett leende på läpparna och nickar emot dom att gå in. Det enda Ilona kan höra i bakgrunden av alarmets irriterande skri är musikens varma, mystiska, attraktion. Hennessy tar Ilonas hand i sin och leder henne fram till ett rött silkesdraperi som fladdrar till av basens sköna rytm.

Då vänder hon sig hastigt om och ställer sig precis framför Ilona. Hennessey ger henne en busig blick.samtidigt drar hon ut på spänningen genom att lekfullt ta upp ett Marlboropaketet, och räcker fram det mot Ilona i en frågande gest. De tänder varsin cigarett. Hennessey drar in ett djupt bloss, och blåser ut röken i en vacker strimma. Den sipprar sakta ur ena sidan av mungipan, för att inte rökens dimma ska skymma den drömlika visionen. Ilona hinner precis börja tveka när Hennessey direkt läser av hennes ängsliga blick. Hon fimpar hastigt emot skosulan och ler med sån entusiasm när hon äntligen berättar.

– Nu ska jag visa dig en värld där vi är drottningarna och männen våra slavar, säger hon medans hon drar undan skynket, och skymten slår till Ilona som en chock av eufori. Det första hon ser är en kvinna som rör sig i en sexig dans och njuter av all uppmärksamhet, medans männen ser ut som hypnotiserade slavar när de kastar pengar över henne. Skynket dras snabbt igen och Hennessy inspekterar Ilona ifrån topp till tå medans hon tänker imponerat för sig själv. jävlar vad het kropp den här bruden har även om hon inte verkar inse det själv. Hon är ju fan som klippt och skuren för den här branschen

Men hon frågar ändå för att vara säker med en flörtig blick.

– Är du verkligen redo för det här?

Ilona uppfattar knappt ens orden. Hon är helt hänförd av Hennessys sexiga läppar och kan inte hejda sig då hon närmar sig denna otroliga varelse. Hon börjar skaka i hela kroppen av nervositet medans hon kysser henne passionerat. Hennessy som helt oförberett möts av Ilonas Piercade tunga emot sin fylls då av samma eufori. Hon kan inte minnas att en kyss någonsin väckt sådana här känslor, medans hon instinktivt trycker sig kraftigare emot Ilonas snövita hy. De befinner sig plötsligt i samma mystiska paradis, och hade aldrig kunnat förutspå att det här skulle kunna hända. Det var så overkligt men ändå sagolikt vackert.

Spänningen i hela den konstiga men även smått förbjudna situationen, gjorde allt bara ännu mer upphetsade. Allt sker utan att de ens märker den lilla publik som samlats runt omkring för att se vad som händer. De börjar direkt slita av varandra kläderna. Alla Känslorna är så mäktiga, att de inte ens kan uppfatta någonting utanför deras egna lilla värld. Där finns bara de två. De fyllde varandra med sådan kraftig sexuell längtan av att bara titta på varandra. De skakade i hela kroppen båda två. Hennessy gnider förföriskt sitt sköte emot Ilonas och de båda två bara uppfylls av den explosiva njutningen. Den byggs upp och blir bara starkare och starkare. Båda känner sig nästan svimfärdiga när det tillsist slår till med en explosion, när de uppnådde den obeskrivliga orgasmen i precis samma stund. Ilona kan bara inte kontrollera sig längre, och skriker rakt ut av njutningen och sjunker ner utmattad på golvet, det var alltså så som sex kändes. Tänk att hon förlorat oskulden med en afrikansk kvinna märkbart mycket äldre än hon själv.

Hennessy sitter bara häpnad, med tom blick och inser att hon precis vid 26-års ålder fått sin första orgasm. Sex hade hon ju haft. Men Ilonas unga runda och sexiga kropp var så mycket mer än vad någon man kunde ge henne. Så lustigt. Tanken var ju att hon skulle lära Ilona om livet, men nu var det hon som precis lärt sig något om sitt egna liv av Ilona.

Hon ser på Ilona och fylls av alla de nya häftiga känslorna som denna lilla oskyldigt sexiga kvinna lyckats bryta loss inom henne. Bara det får henne att verka så gudomlig i Hennessys ögon. Hon hade nu bestämt sig för att den här speciella kvinnan skulle hon inte släppa. Utan älska, vägleda och ta under sina vingar. Ilona försöker titta upp på Hennessy men njutningen är fortfarande så kraftig att hon får kämpa för att hålla ögonen öppna. Men de kollar varandra i ögonen och försöker greppa vad som precis hänt. Ren magi.

Ilona blir smärtsamt medvetande om att de har publik, när ljudet av applåder fyller hela klubben. Hon börjar känna hur skammen förlamar henne. Hon avbryts plötsligt när hon ser att Hennessy bara reser sig upp naken med vana kliv, och för publiken med sig till scenen och börjar röra sin sexiga kropp. Då fylls Ilona av en sådan kraftig frestelse att följa efter sin nya förebild, nu när hon inte bara var vägledaren utan även källan till all njutning. Men hon var ju så oerfaren. Tänk om hon gjorde bort sig inför Hennessy, vad kunde vara värre än det?

Men synen av Hennessys förföriska rörelser fyller henne av upphetsning och det enda hon känner är att hon vill hoppa upp dit och bara vara nära henne. Hennessy vinkar glatt inbjudande åt henne att komma upp på scenen. Allting får Ilona att bara suga in självsäkerheten i omgivningen, och hon känner sig verkligen som en drottning. Tillsammans var de verkligen drottninglika, med männen helt paralyserade av häpnad för vad kvinnorna just gjort. Hennessy tryckte sig emot henne samtidigt som hon rörde sig så underbart sexigt till basen som pulserade så kraftigt igenom hela kroppen.

Det här var makten! För Ilona som hela livet känt sig så maktlös så kändes det så stort. Hon njöt av synen framför sig. Synen att hennes föräldrar skulle gå under av skammen som hon nu smutsade ner deras kära högbetraktade familjenamn med. Samtidigt som hjärtat översköljdes med känslan av att hon äntligen var hemma här och nu. Tillsammans med kvinnan som gett henne allt.

I detta glamorösa paradis fick man inte bara ett hemligt nytt liv, utan också ett nytt stripp-namn. Ilonas var nu "Kitten" eftersom att hon var så mycket yngre än de andra stripporna. Hon var egentligen bara 16 år, men hennes kvinnliga former fick henne att känna sig som åtminstone 20 år. Vilket det stod att hon var på sitt leg. Hennessy hade hjälpt henne med allt. Fixat jobbet på klubben, hjälpt henne med falskleg och till och med låtit henne bo i hennes egen lyxlägenhet som fanns bara en trappa upp. Våningen ovanför klubben var deras egna privata drömvärld. Där kunde de göra vad de ville när de tröttnat på att dansa som drottningar. Och då männen bara krälade eller kastade pengar på dom.

Hennessy var verkligen en otroligt mäktig kvinna. Det var nämligen hon som ägde klubben. Hon pysslade även med andra saker som Ilona inte riktigt förstod. Men där fanns också något som hennes pappa haft så oerhört fel om. Att strippor var fattiga uteliggare. Men Hennessy hade alla pengar i världen kändes det som och Ilona fick göra vad hon ville med Hennessys pengar, de levde lyxigt i den flotta palatsvåningen, de dansade för makten och gudomligheten de kände när dom dyrkades som drottningar nere på klubben.

Men hon var också noga med att lära upp Ilona efter allt hon själv upplevt. I hennes ögon var män också mindre värda. Äckliga små avskum som man skulle hålla sig borta ifrån om man nu skulle vara en riktig drottning.

– Låt aldrig en man kladda ner din kunglighet Kitten, brukade hon säga så allvarligt, samtidigt som hon kollade Ilona så ömt i ögonen. Hennessy hade erfarenhet av män sedan tidigare i sitt liv. Det visste Ilona men hon pratade så ogärna om det. Samtidigt som Ilona med smärta kunde skymta sårbarheten hos den annars så utstrålande och osårbara kvinnan. Ilona kände genast att det måste vara något så ofattbart grymt att hon inte skulle må bra av få veta något ens. Hon litade ju på Hennessy med all sin livserfarenhet och visdom. Hon lärde sig snart också att känna samma avsky för alla vidriga kräk till män där ute.

Hon var också väldigt bestämd angående Ilonas skolgång. Den var extremt viktig. Hon hjälpte Ilona med sitt college. När studierna börjar bli svårare för Ilona att hinna med efter

120

de långa nätterna nere på klubben, så fixade hon även det problemet åt Ilona. Hon förser henne med "Adderal" i orangea små pillerburkar. De underbart sköna kapslarna som gav Ilona en kraftig euforisk njutning, samtidigt som hon kunde sköta studierna utan några problem.

Men Hennessy hade också fullt upp med allt hon höll på med vid sidan om klubben. Ilona fick spendera många ensamma timmar i den stora fina lägenheten. Då ibland så kom en lustig längtan efter de sköna kapslarna. Hennessy hade varit så noga med att hon BARA skulle ta pillren om det var absolut nödvändigt. Men hon är ju aldrig här ändå, tänkte Ilona. Hon beskyllde omedvetet Hennessy när hon egentligen gjort allt för Ilona. Det visste hon och hon kände egentligen endast en oändlig tacksamhet inför denna beundransvärda kvinna, som hon kände så mycket kärlek för. Men omedvetet gav det beroendet, som började ta form inom henne, en dålig ursäkt. Men ändå en ursäkt för att få känna den härliga känslan i kroppen ännu en gång.

Kapitel 13: Den förbjudna frestelsen
Del 2

Den värsta dagen i Ilonas liv började som vilken dag som helst. Väckarklockans öronbedövande tjut väckte henne som vanligt inför skolan. Hennessy låg bredvid henne djupt försjunken i sömn trots väckarklockans tjut. Bara tanken på att gå upp ur sängen och försvinna ifrån Hennessys underbara närhet gav henne värk i bröstet. Typiskt, hon som legat hela natten och saknat sin drottning.

Men Hennessy rycker plötsligt till. Hon rynkar på näsan och sträcker ut handen mot sitt nattduksbord, utan att öppna ögonen. Handen trevar efter whiskyglaset som hon alltid hade bredvid sig när hon sov. Ett högt kras hördes, och klockan föll i golvet tillsammans med glasskärvor och whisky.

Jävlar vilket dåligt humör hon verkar vara på idag, tänker Ilona chockerat. Hon försöker minnas ifall hon någonsin sett Hennessy så här lättirriterad förut. Hon hoppar ur sängen och skyndar sig iväg till skolan. Minnena ifrån själva skoldagen var suddiga. De saknade betydelse för henne. Resten har så plågsamt etsat sig fast i minnet och spelas upp om och om igen som en film inuti huvudet på henne.

Efter skolan skyndade hon sig hoppfullt hemåt, hon längtade efter Hennessy. Men när hon möter henne nere på klubben så upptäcker hon till sin besvikelse att hon fortfarande är på dåligt humör. Hennessy står däroch skriker på en av vakterna. Synen såg lite smått ironisk ut. En liten smal kvinna som står och skriker på det stora muskelberget till vakt, som ser så ynklig ut där han står ihopsjunken.

Ilona går tveklöst fram till dem med självsäkra kliv. Ljudet av stilettklackarna på hennes stövlar som klapprar i golvet hörs svagt under den höga musiken. Men det lilla ljudet räcker för att Ilona ska känna hur självkänslan ökar mer för varje steg hon tar. Hon vickar lite flörtigt med rumpan när hon försöker fånga Hennessys blick. Hennes arga ansiktsuttryck smälter för en sekund när hon får syn på Ilona. Hon ger henne ett hastigt leende innan hon vänder sig om mot vakten igen.

Ilona fortsätter med bestämda steg fram till dem. Hon ställer sig bredvid Hennessy med höften emot hennes, lägger armarna i kors och blänger på vakten. Hennes närvaro hade fått tyst på diskussionen, och kvar finns bara en obekväm tystnad där de står alla tre.

Luften är tjock av missnöjdhet när vakten ger Hennessy en liten nickning, och lunkar sedan därifrån. Ilona står fundersamt och försöker lista ut vad som kunde ha hänt. Hennessy var inte sig själv idag. Självkänslan som hon alltid utstrålade var nu ersatt av ilska och bitterhet. Någonting var oerhört fel. Ilona försöker ge henne en kram men får bara en klapp på ryggen tillbaks.

–Vi har inte tid nu Kitten. Det är snart din tur på scenen och du har inte ens bytt om än, Säger hon istället med en avfärdande ton på rösten. Ilona suckar och vänder sig om mot omklädningsrummet.

–Vi har fått in nya underkläder. You're gonna rock the stage babe, ropar Hennessy uppmuntrande efter henne när hon går därifrån.

Hur skulle Ilona kunna veta att det här skulle bli Hennessys sista ord till henne? Att just den här meningen skulle bli något som hon alltid skulle hålla sig fast vid. Överanalysera och aldrig någonsin glömma bort. Hon skulle klandra sig själv för att hon inte stannade kvar hos Hennessy. Kanske hade hon kunnat göra något åt det öde som väntade hennes drottning. Det gjorde ont när hon tänkte på att hon inte ens hade mött hennessays blick när hon gav henne en snabb slängkyss innan hon försvann in i omklädningsrummet. Deras sista slängkyss. Om hon bara hade kunnat gå tillbaka i tiden. Om hon bara hade förstått varför Hennessy var på så dåligt humör.

Nästa minne är bara för smärtsamt för att tänka på. Ilona rör sig på scenen samtidigt som hon försöker hålla ett vakande öga på Hennessy. Ljudet av två knallhöga smällar ekar igenom musiken, och får hela klubben att fyllas av fasa och hysteri. I all panik så kastar hon sig ner på golvet och springer mot sin enda trygghet här i världen. Hennessy.

Ilona ser hur Hennessy snabbt lirkar upp en liten pistol under den tajta klänningen, och riktar den mot draperiet vid ingången, medans hon hotfullt ryter till.

-visa er eller passa på att fly fort som fan medans ni fortfarande har chansen. Hon går mot draperiet Innan hon faller ner på golvet. Ilona hör inte ens smällen från det sista pistolskottet. Allting stod helt plötsligt stilla. Hon kollar på mannen som avfyrat skottet, och möts av ett starkt obehag när hon ser hur han står och flinar nöjt med ursinnigt galna ögon. Han spottar en rejäl loska, torkar sig snabbt om munnen med jackärmen, och försvinner sedan igen lika snabbt som han dykt upp. Kvar fanns bara förödelsen han lämnat efter sig.

Ilona får panik, hoppar ner ifrån scenen och springer fram till Hennessy. Men hon upptäcker till sin förfäran att Hennessy inte andas längre, där hon ligger på golvet dränkt i sitt eget blod. Ilona vägrar acceptera sanningen. Hon sitter på golvet med Hennessys huvud i knät och försöker panikslaget få liv i henne. Båda två är helt nerblodade när polisen till slut dyker upp.

Ilona ser poliserna och försöker förtvivlat få dem att ringa ambulans. Men mansgrisarna verkar helt ointresserade av henne när de förklarar att det redan är för sent. Hela hennes värld har precis rasat framför ögonen på henne. Hon hade verkligen förlorat allt. Den magiska tryggheten fanns inte längre där att luta sig mot. Ilona ville inte leva utan sin svarta gatuängel. Hennessy med det där obrytbara självförtroendet.

Då får hon syn på spottloskan mitt i allting.

– DNA. Mördaren spottade där precis bredvid ingången, utbrast hon hysteriskt och pekade på den lilla spottpölen. Men polisen verkade inte bry sig om det heller.

–Tror du vi tänker lägga skattebetalarnas pengar på två horor som dessutom är flator? Har du ingen respekt för den heliga bibeln? Frågar en av poliserna aggressivt. Det blev bara för mycket för Ilona på en och samma gång. Hon lutar huvudet bakåt och förbluffar poliserna när hon börjar skratta av ren och skär vrede åt dom. Samtidigt skriker hon så att salivet sprutar ur munnen. Hon tog ut alla sina känslor av den smärtsamma verkligheten som Hennessy lämnat efter sig. Hånar polisen.

-ÄR NI VERKLIGEN SÅ RÄDDA FÖR SJÄLVSTÄNDIGA KVINNOR ERA JÄVLA GRISAR!

Ilona bubblar av ilska. Poliserna lät bara mer och mer som hennes pappa. Men då får hon en lugnande hand på axeln. Det var Destiny. Hennessys bästa vän och Ilonas arbetskamrat. Hon ser på Ilona med medlidande i blicken och säger sorgset..

– Det finns tyvärr inget du kan göra. Samhället ser ut så här. Vi har inga rättigheter.

Det kändes bara så ofattbart! Hur kunde Hennessy död vara helt okej i samhällets ögon? Men poliserna bara gick därifrån utan att ta med hennes kropp.

– Lägg ett lakan över henne är du snäll, säger en av poliserna innan de snabbt försvinner igen.

Ilona vänder sig om sammanbitet och frågar.

– Hur ändrar jag på det då?

Destiny bara skrattar till och skakar förbluffat på huvudet åt henne. Men Ilona är fylld av all den trotts som hon en gång känt mot sin far och inom henne började en plan ta form.

Hon går bestämt till omklädningsrummet. Hon hämtar en tops och en plastpåse. Sedan går hon fram till spottloskan, låter topsen suga åt sig så mycket av loskan som det var möjligt, lägger den i plastpåsen och förseglar den med ett nöjt leende på läpparna. Mannen skulle inte komma undan med vad han gjort. På den punkten var hon väldigt bestämd. Destiny iakttar henne med misstro i blicken och skakar på huvudet åt henne. Men Ilona är för uppslukad av sin plan för att ens lägga märke till omgivningen. Nu visste hon äntligen vilken inriktning hon skulle välja och vad hon skulle studera till.

Hade det inte varit för Hennessy så hade Ilona inte ens fullföljt sina studier. Och nu var det just studierna som var nyckeln till makten. Hon kunde inte hitta något bättre sätt att hedra Hennessys minne på.

Men hennes blivande studier upptog all hennes tid så det blev nästan omöjligt att fortsätta styra med klubben. Det tog emot men hon blev tvungen att ge bort klubben till Destiny. Hon som inte hade mer än tid. Men Ilona höll fast vid att Destiny inte fick bryta några av Hennessys regler. Destiny som varit Hennessys närmaste vän sedan barndomen, hade inte velat göra det på något annat sätt heller. Båda två saknade henne så grymt mycket.

När Hennessy senare kremerades så var det en självklarhet att hennes urna skulle förvaras på klubben. Så hon kunde hålla koll på det paradis hon skapat med alldeles egna händer. Ilona la ner mycket pengar på att köpa en skottsäker monter där urnan kunde stå. Hon hade ju hur mycket pengar som helst som Hennessy lämnat efter sig. Svarta pengar. Men vad spelade det för roll?

Lyxlägenheten ovanför klubben bara skrek av avsaknaden efter Hennessy. Med en tyngd i bröstet fick Ilona tillslut göra sig av med den också.

Ilona gav även bort lägenheten till Destiny. Men saknanden blev ett motstånd för henne också tillslut. De lekte med tanken, men klarade inte av att sälja lägenheten, då den kändes som det sista som fanns kvar av Hennessy. Nu står den bara tom och samlar damm.

Ilona köpte en ny mindre lägenhet närmare skolan. Hon inredde den lika flott och lyxigt som den förra, fast med skräckinspiration den här gången. Pengar var ju inga problem. Att dyka ner i studierna hjälpte till att komma ifrån saknanden lite. Det var ju för Hennessys skull hon gjorde det. Det gav hennes liv en ny mening, att hämnas Hennessy död.

Sedan hade hon blivit fascinerad av skräckfilmer efter Hennessys bortgång. Det var något med den förtvivlande tillvaron som gav henne ett sorts lugn i kroppen. När hon fick tid över gillade hon att skräckpynta sin lilla lägenhet, så att den snart liknade ett hemsökt hus på tivolin.

Hon besökte fortfarande klubben regelbundet. Även om hon inte arbetade där längre. Destiny hade blivit hennes närmaste vän nu när de hade saknaden gemensamt. Hela klubben firade högljutt när hon fullföljt studierna, och även när hon fick anställning inom polisen. Nu var hon ju en av de två enda poliserna i scissors och det gjorde henne högaktad i staden. Destiny blev helt till sig.

– Jag minns det som igår när du kom hit för första gången. Och nu är du Konstapel Ilona Woodstock här i scissors, tjöt hon fram, samtidigt som glädjetårarna forsade ner för kiderna när hon gav Ilona en stor kram. De andra stripporna på klubben var alltid vaksamma när Ilona kom förbi. Men de vågade aldrig göra henne något, på grund av att hon var så nära Destiny, som var deras chef. Både Hennessy och Destiny hade varit otroligt skickliga på att få deras anställda att hysa stor respekt för dem.

– En sådan plugghjärna du har Kitten, sa Destiny med ett stolt ansiktsuttryck. Hon hade aldrig slutat kalla henne för Kitten även fast hon slutat arbeta som strippa.

– Äh, det är ju bara lite matte och kemi, sa Ilona i ett försök att vifta bort samtalsämnet. Men svaret hade chockerat de andra stripporna.

–Brainiac, sa någon av dom. Ilona lyckades aldrig få reda på vem det var av dem som haft mage att yttra sig så respektlöst. Men hon var för lycklig just nu för att bry sig om det. Nu när hon snart nått klimaxen av sin plan.

DNA:t ifrån spottloskan hade hon fortfarande kvar i frysen. Nu var det bara och hitta rätt mordplats att plantera beviset på. Hon var noga med att inte stjäla rättvisan ifrån någon annan. Den perfekta brottsplatsen uppenbarade sig snart. Det var hemma hos ett par där mannen först skjutit sambon och sedan sig själv.Classic Murder suicide, tänkte hon för sig själv i ett försök att låta som de i tv-serien CSI.

Ilona lyckades manipulera om mordplatsen innan de andra poliserna dök upp. Hon hade ju turen att vara en av de två poliserna på plats i Scissors.

Vad hon inte visste var att den andra polisen Albin redan hade anlänt till platsen innan hon dök upp. Han fick syn på Ilona och förstod att det hon pysslade med, där hon satt ensam på golvet, inte tillhörde det vanliga polisarbetet. Han blev nyfiken och höll sig undan, samtidigt som han iakttog henne. När hon gått därifrån så tog han upp mobilen, ringde till Jack och låtsades att han var försenad till platsen. Bara för att vara på säkra sidan. Han visste att det hon gjort var oerhört fel, men han gillade henne för mycket för att kunna sätta dit henne för det. Det var anledningen till att han alltid brukade vara så tyst och försiktig när de umgicks i arbeitet. Han försökte läsa av henne.

Det var när Ilona satt i bilen på väg till Hennessys mördares rättegång som hon råkade slå på radion när hon fumlade bland knapparna. Och där spelades låten som skulle komma att bli hennes favoritlåt. Texten kändes så träffande.

"Die motherfucker die"

Hon hoppades ju på dödsstraffet. Hon ville sitta där på första raden och se när livet försvann ur mannens ögon. Ett hånfullt litet skratt bubblar upp ur henne när hon tänker på det. Njutningen var kraftig när hon satt med under rättegången, och såg mannens

vettskrämda och likbleka ansikte. Hon
försökte fånga hans blick. Hon ville att han
skulle känna igen henne, och förstå att det
här var hennes hämnd. Men mannen var för
upptagen med att förtvivlat försöka bedyra sin
oskuld.

Ett öga för ett öga, tänker Ilona nöjt för sig
själv. Hon har ett stort hånflin på läpparna
medans hon stryker handflatorna mot
varandra. Precis som ett ondskefullt geni ur
en film. Det enda som fattades var ett
ondskefullt ekande skratt och blixtar från
skyn. Hon är för uppslukad av sina egna
tankar för att lägga märke till Albin, som
sitter en bit ifrån och iakttar henne med
fundersam blick.

Mannen dömdes mycket riktigt till döden med
dödlig injektion. Hon var väl förberedd. Hon
hade fixat en skiva till bilfärden med ett enda
track som gick om och om igen. Hon hade
även laddat ner låten i sin mobil inför själva
rättegången, "Die motherfucker".

Hon satt där med låten i öronen och såg hur
livet försvann ur mannens ögon, samtidigt
som hon viskar med i låttexten tyst för sig
själv. En tant i raden framför måste hört
hennes viskanden. För hon vänder sig om och

stirrar på Ilona. Men Ilona bara visar polisbrickan och viftar bort tanten. Hon ville inte missa en sekund av avrättningen. Rättvisan hade vunnit och skulle fortsätta segra nu när hon var polis. Inga fler mordfall skulle ignoreras. Hon var rättvisans krigare.

Kapitel 14: Le petite mort

Ilona kan inte låta bli att fnissa till och blir genast konstigt nog nervöst blyg. Albin ler stort när han tar tag i hennes höfter och pressar sig mot henne. Plötsligt var det Albin som var den självsäkra av dem. Han pressar bulan emot henne och hon flämtar till. Den känns så stor och hård mot henne. Hon vill bara känna den, ta på den. Men hon vågar inte.inte än. Utan att någon visste hur det gick till så började de ändå kyssas. Albins tunga letar sig in till hennes. Han känner hennes tunga mot sin och ser förvåningen i Ilonas ögon när bulan växte.

Hur kan det vara möjligt? Hur stor är den egentligen? Tänkte Ilona när bulan bara växte.

Han var så van vid reaktionen, men det kändes ändå extra skönt nu när det var Ilona som reagerade när han pressade den mot henne. I sin växande manlighet bär han upp henne på skrivbordet. Hon fnittrar som en liten skolflicka.

Vad är det för fel på mig? Varför är jag så nervös? Det är ju bara sex? Flyger tankarna runt i Ilonas huvud, innan de avbryts av att Albin sliter av henne labbrocken. Nu kan hon inte hejda sig längre, hon måste känna på den. Han känner hur hon trevar efter hans gylf och släpper lös monstret. Hon blir lite för ivrig. Sliter sönder Albins skjorta så att tygslamsor och skjortknappar flyger åt alla håll. Sen tränger han sig äntligen in i henne. Den sexuella elektriska laddningen mellan dem är så explosiv. Ilona stönar högt av förvåning när hon känner monstret. Det måste vara den skönaste hon någonsin känt. Han måste gillat hennes precis lika mycket för han utbrister..

– Varför har vi aldrig gjort det här tidigare?

Men hon är för uppslukad av känslan av honom inuti sig för att uppfatta frågan eller för att ens samla ord till ett svar. Njutningen är så stark att hon känner sig svimfärdig varje gång stöter in i den igen. Den känns så långt inuti henne. Varje gång han drar ut den så ber hon omedvetet inom sig själv om att få känna den en gång till. Bara en gång till? Och sen en gång till? Hon har blivit beroende.

Dunk!

Det är Ilonas huvud som drämde in i väggen bakom skrivbordet. Han stannar till förskräckt när han får se märket som blev kvar i väggen.

Oj det där måste gjort ont! Shit, fick hon hjärnskakning nu? Tänker han panikslaget.

Men Ilona bara skrattar och trycker honom närmare med benen och ber honom att inte sluta. Han fortsätter förvånat en liten stund sen säger han..

– Vi kanske borde flytta oss till sängen i alla fall. Men Ilona vill inte att han ska dra ut den så hon klämmer hårt om honom med benen när han lyfter henne till sängen. Där kör dem missionären en stund men tröttnat snabbt och börjar växla mellan olika ställningar.

De höll på ifrån att det var ljust ute tills att det blev becksvart och sent på natten. De var helt slutkörda och behövde fylla på med mat. Albin gick upp med mandomen hängandes i vädret och hämtade ett kakpaket från skafferiet som han fyllt på tidigare.

Ilona fnissar till när hon får se honom komma mumsandes på kakor och frågar:

– Finns det ingen riktig mat här?

– Jo det finns kak..Ehm..Deg också, svarar han och sträcker fram paketet emot henne. Hon tar en kaka och kollar fundersamt på den sen utbrister hon.

– Jo men något annat måste det väl finnas? Din mamma måste ju ha mat hemma!

Hon går ut till skafferiet och får kväva ett gapskratt när hon ser hur proppfultl det är av enbart kakpaket. Men sedan får hon syn på ett kakpaket som ser väldigt lockande ut. På bilden syns en kopp med kaffe och grädde. det påminde lite om Hennessy. Hon slet upp kakpakete,t och kände den himmelska smaken, när hon pressade in flera stycken i munnen på en gång. Det sprutade kaksmulor åt alla håll när hon tuggade, men det brydde hon sig inte om.

Inne på rummet sitter Albin i sängen och gör likadant. Tillsammans sitter de sedan i sängen. De mumsar kakor, samtidigt som de kollar på den franska porrfilmen "Le petite mort" som Albin satt på tv:n. Namnet i filmtiteln är tydligen vad fransmännen kallar orgasmen. Vilket betyder den lilla döden. Lite smått ironiskt med tanke på att de jobbade med döden båda två.

Snart dags för omgång två. Men sängen är ju full med stickande små kaksmulor. Ilona tar upp en liten trådlös handdammsugare ur väskan. Hon dammsugar snabbt ur sängen och även Albins skägg. Han skrattar när skägget sugs in i den lilla dammsugaren och det kittlas hysteriskt.

– Är du redo för att dö lite till, frågar Ilona och kollar på honom med busig blick.

Han sträcker ut handen efter henne och sliter ner henne i sängen.

– Din lilla seriemördare, skrattar han till och lägger sig över henne. Hon hinner inte ens reagera fören de börjat kyssas igen. Det enda som existerar nu är deras egna lilla värld. Han tränger sig åter igen in i henne. Hon är tillbaks i den starkt beroendeframkallande explosiva njutningen. Och hon vill aldrig härifrån.

Kapitel 15: Intrång

Pojken vaknar till av en stark obehagskänsla i magen. Han kryper ner under täcket och kramar om sin nallebjörn hårt i famnen. Men det går ändå inte att somna om. Obehagskänslan är alldeles för kraftig.

Nyfikenheten tar över rädslan och han sätter sig upp i sängen, fortfarande med nallebjörnen i famnen. Rummet är helt kolsvart. Han tvekar ett tag men sedan så sträcker han sig efter sänglampan. Men det skulle han snabbt få ångra. För det han får se är så otroligt fruktansvärt.

Utanför fönstret står en man. Bara åsynen av honom ger pojken rysningar i hela kroppen. Mannen pekar på honom och gestikulerar sedan med fingret att han ska skära halsen av honom. Sedan ler han stort med munnen full av huggtänder. Pojken fryser till is. Men medvetandet kommer ikapp honom och han börjar skrika. Tårarna sprutar ur ögonen på honom när han springer in i sin mors sovrum

– Mamma! Mamma! Rädda mig, ropar han.

Han vaknar till med ett ryck. Det här var ingen vanlig dröm utan ett minne från hans barndom. Men varför ska han börja drömma om det nu? Han hade ju helt glömt bort händelsen fören den dök upp i hans dröm nu och påminde honom. Det var ju inget speciellt med det, för det är ju så barn gör. De fantiserar och skrämmer upp sig själva. Men det är något med den här staden som alltid har skrämt honom. Det är väl bara för att han är tillbaks här igen som minnet ska göra sig påmint.

Han vänder sig om och kollar på Ilona som ligger och sover så fridfult bredvid honom. Han känner hur värmen sprider sig i hela kroppen när han tänker tillbaks på gårdagen. Det var på riktigt. Hon fanns faktiskt här bredvid honom, och verkade av någon oförklarlig anledning gilla honom också. Hennes underbara närhet får honom att somna in igen.

Pang!

Ljudet av en hög krasch får honom att vakna till i ett hopp. Hjärtat bultar fortfarande hårt i bröstet. Kan det verkligen varit en riktig krasch jag hört? Det måste väl ha varit en dröm? Mamma kanske har kommit hem tidigare än planerat? Men det känns tveksamt.

Han gnuggar sina trötta ögon och går ut i köket. Rädslan slår honom som ett slag i magen när han får syn på tekannan som ligger mitt på golvet. Golvet är fyllt av stänk från någon brun sörja. Antagligen var det te från tekannan. Utan att tänka så sträcker han sig efter sitt tjänstevapen. Nu gäller det att vara skärpt. Någon hade helt klart varit här inne och kokat te när han låg och sov. På golvet kan man skymta bruna kladdiga fotspår som leder ut ifrån köket.

Det var tydligt att fotspåren var för stora för att kunna vara den lilla flickans. Men de såg inte ut att vara tillräckligt stora för att komma från en mans fötter heller. Så antagligen var det en kvinnas.

Han följer spåren ut ifrån köket och fram till den lilla vita byrån i sovrummet där dom slutar tvärt. Han kliar sig i huvudet och lägger ena handen på byrån när han känner något klibbigt under sina fingrar.

Till sin fasa ser han ett knappt märkbart fotavtryck mitt uppe på byrån. Tankarna snurrar i huvudet på honom när han börjar kolla av väggen ovanför. Blicken landar till sist på en lucka i taket precis ovanför byrån. Varför hade han aldrig lagt märke till den tidigare? Aldrig att jag vågar sticka upp huvudet där. Vem vet. Personen kanske sitter där uppe och väntar på en chans att kunna attackera mig. Ingen normalt funtad person skulle väl göra intrång hemma hos någon annan sådär?

Utan att slita blicken från luckan så ropar han efter Ilona. Men hon sover som en sten. Han sätter sig ner på golvet och är noga med att inte slita blicken ifrån luckan. Drömmen innan hade redan väckt djupa känslor av rädsla inom honom. Det kändes som att minsta lilla händelse skulle spädde på rädslan och paniken han redan kände inombords. Då och då så avtog paniken, och han kände som ett konstigt lugn i kroppen. Men det var inte långvarigt. Snart så hade paniken byggts upp till max igen. Lugnet före stormen, tänkte han tyst för sig själv.

Varenda litet ljud gör sig påmint för honom när han sitter där. Blåsten som blåser i träden utanför, den urgamla klockan som står och tickar i köket och knarret ifrån vinden. Vänta nu? Det knarrade uppifrån vinden! En ny våg av panik sköljs över honom. Vad var det här egentligen? Vad hade hänt med honom? När hade han blivit så här feg? Han ville bara ligga i Ilonas famn och bli omhållen, medans hon viskade betryggande saker i hans öra.

NEJ! Nu får du fan ta och ge dig! Modighet är inte avsaknad av rädsla, utan istället att handla trots den. Nu har han sin chans att visa Ilona vad han är för man. Varför skulle han låta den dumma rädslan förstöra allt? Ilona var aldrig rädd, hon är enastående för att vara kvinna.

Han reser sig bestämt upp. Men hur skulle han göra det? Skulle han knacka och meddela att han var från polisen. Ellerl skulle han bara smälla upp dörren? Men vem visste om den här galningen skulle ha någon respekt för polisen? Att knacka först kanske skulle vara som att be om att bli överfallen?

Så han bestämmer sig för att smälla upp dörren och ge galningen en rejäl överraskning.

Hjärtat slår hårt i bröstet när han smyger sig fram mot byrån. Försiktigt så att han inte ska höras uppifrån. Men när han försöker klättra upp på byrån, råkar han snubbla till på en av byråknopparna. En hög duns hörs när han faller tillbaks ner på golvet.

– Johnny, är det du, hördes en svag darrig röst ovanför. Hjälp! Är de ännu fler? Taket knarrar när någonting rör sig där uppe. Han kramar pistolen hårt i handen medans han väntar. Luckan öppnas darrigt, och ut kikar en liten tant med stora ögon, samtidigt som hon ler stort. Vad var det här för något? Han tvekade lite men riktade sen pistolen lite darrande mot henne och sa

– Jag är från polisen och ni gör intrång på någon annans tomt. Tanten fortsatte bara att le och sa sedan:

– Johnny, du har kommit tillbaks till mig. Han blir helt ställd och står bara där utan att få fram ett ord. Tankarna bara snurrar runt i huvudet på honom. Till sin fasa ser han hur tanten slänger ner en repstege och börjar klättra ner till honom. Han håller pistolen hårt i handen och skriker

– Kom inte närmare. Men tanten verkar inte bry sig. Bakom sig hör han ett gapskratt. Det är Ilona som har vaknat och nu står och kollar på honom.

–Du behöver väl inte rikta pistolen mot den där lilla tanten, pressar hon fram mitt i allt skratt. Han har precis hunnit vända sig om för att möta Ilonas blick när någon kramar om honom från andra hållet. Nej det är den där tanten. Han drabbas av en plötslig rädsla att hon ska börja bita honom eller kanske försöka äta upp honom.

– Gud har gett mig tillbaka min älskade son. Som jag har saknat dig. Tack gud. Tack så hemskt mycket, tjuter tanten av lycka och håller fortfarande om honom. Då går det upp för honom, att den här tanten nog inte alls ärfarlig. Hon är nog bara gammal och förvirrad. Han vänder sig mot Ilona med undrande blick och ger ifrån sig en tung suck innan han säger med orkelöshet i rösten:

–Jahopp! Vad gör vi med henne då? Det är väl ändå vi som är byns enda poliser?

Hm. Det var en riktigt svår fråga. Ilona stirrar rakt upp i taket och ser ut som att hon funderar riktigt djupt.

-Hon måste ju komma någonstans ifrån. Kolla om du hittar något som kan visa oss vem hon är, svarar hon till slut.

Tanten ser inte ut att ha några fickor i den gröna klänningen med päronmönster på, som var det enda plagget hon bar. Och det var verkligen det enda hon hade på sig också. Bilden av tantens gamla underliv som han sett så tydligt när hon klev ner mot honom sitter redan som inbränt i hans stackars traumatiserade hjärna. Som om det inte var nog så hade hon fått för sig att han var hennes son. Och hon skulle pråmt hålla om honom hur han än försökte vrida och vända på sig. Han kollar upp i luckan som nu hänger helt öppen i taket när han får en idé.

– Stanna du här nere med henne, så kollar jag vinden där hon kom ifrån, säger han till Ilona.

Hon nickar bestämt och tar tag i tanten för att befria honom ur hennes grepp. Tveksamt börjar han treva upp mot vinden. Den som han aldrig tidigare ens lagt märke till att dom hade. Rädslan födds om på nytt när han får se väggarna som är helt täckta av bilder på honom och hans mor sedan flera år tillbaka. Bilder där dom inte ens visste om att dom blev fotade. Tanten måste ha bott på vinden och iakttagit dem under flera års tid. På golvet låg endast några gamla tygtrasor i en hög som hon måste haft som säng. Bredvid trasorna finns det något litet vitt. Han går närmare för att kunna se bättre. Det ser ut som ett avslitet patientarmband ifrån ett sjukhus.

När han lyfter upp det och börjar läsa "Smaragdens mentalsjukhus patient 776#" så blir han inte längre chockad. Det var väl självklart att hon var en förrymd Mentalpatient? Vad hade han annars trott? Han ropar ner till Ilona att hon borde sätta handfängsel på tanten och sen komma upp hit för att själv se vad som förekommit där.

– Vadå för handfängsel? En forensiker har väl inte handfängsel på sig dumskalle. Ropar Ilona tillbaks med samma hånfulla ton som tidigare.

Just fan! Han kastar hastigt ner sina genom luckan i taket. En ljudlig smäll hörs när de landar på golvet nedanför. Sedan hörs ett svagt rassel, och strax därefter tittar Ilona upp bredvid honom. Men hon verkar mer fascinerad än förskräckt som han själv. Hon tar genast upp mobilen och börjar fota vartenda hörn av vinden. Han blänger på henne och hon fnissar till.

– Vadå? Jag är ju Forensiker. Jag samlar bevismaterial här, säger hon med svag ironi i rösten.

Han ger ifrån sig en högljud missnöjd fnysning, och väntar sedan in tystnaden innan han fortsätter

– Hon är ifrån Smaragdens, säger han grav allvarligt.

De klättrar ner på byrån tillsamman. När tanten får syn på dem så spottar hon direkt mot Ilona. Hennes hjälplösa gamla ansikte blir helt plötsligt skrämmande aggressivt. Tur att hon är fastfängslad i sänggaveln en bit därifrån.

"Ditt sprutluder" väser hon fram åt Ilona som stannat upp för att inte komma närmare den spottandes ilskna tanten.

Albin suckar till när han inser vad den enda lösningen för hela situationen måste vara. Han måste låtsas vara tantens son hela vägen till sjukhuset. Och även försöka övertyga tanten om att det inte var något mellan han och kvinnan som han var så nykär i just nu. It's gonna be a long ride, tänker han utmattat för sig själv. Men Ilona drar till sig all hans uppmärksamhet när hon fiskar upp en liten svart mobil med dödskalleformade diamanter på och ringer ett samtal.

Just ja, hon var ju från den enda fina familjen i Scissors, tänker Albin för sig själv när Ilona pratar i bakgrunden. Det låter som att hon ringer sjukhuset. Hennes ögon blir plötsligt stora, hon mumlar något i mobilen. Hon sänker sedan sakta ner handen och tappar mobilen i golvet. Hon lägger inte ens märke till de nya sprickorna som tagit form i mobilens display, utan stirrar bara på Albin med hakan nere vid bröstet. Han börjar kallsvettas när olika senarion om vad hon skulle berätta för honom spelas upp i hans inre. Den ena värre än den andra. Så när Ilona til lslut öppnar munnen så känns inte nyheten så hemsk ändå.

– Patient 776# finns redan på sjukhuset, tanten måste snott hennes armband.

De vänder sig sakta om mot den virriga gamla tanten, vem var hon egentligen?

– Vem är patient 776#, frågar Ilona tanten med allvarlig ton.

Men tanten laddar upp ytterligare en loska och Ilona hinner precis springa undan innan den flyger rakt mot henne. Sen tittar hon på Albin och utbrister:

– Vad gör du med den där familjeförstöraren Johnny? Du är ju gift. Och tänk på din son! Vad ska lilla Albin säga om det här?

Han ryser till, hade tanten verkligen nämnt hans namn? Och Johnny, det hette ju hans far? Kunde tanten verkligen tro att han var sin far? När hans far hade lämnat dem för flera år sen? Vem var tanten då? Hans farmor? Nej, det kan inte vara sant! Det är ju helt befängt. Men det är oroväckande att hon hade nämnt både hans och hans fars namn. Han fick en idé.

– Vad heter min fru då? Vet du det, frågar han. Tanten ger honom en intensiv blick innan hon nästan viskar fram.

– Mary.

Hjälp! Det var hans mors namn!

– Jag har hållit koll på din familj åt dig när du varit borta. Och jag var så nära på att lösa mysteriet med ditt försvinnande innan du äntligen kom tillbaka till mig. Såg du armbandet, frågar hon stolt.

Albin blir helt paff, vadå försvinnande? Hela byn var alldeles övertygade om att hans far lämnat sin familj frivilligt. Den enda som hade vägrat acceptera sanningen var hans mor. Men nu blir även han lite osäker. Vad menade tanten med mysterium? Och vad hade patient nr. 776# med hans far att göra? Johnny hade ju arbetat som läkare vad Albin visste. Men har var ju så liten när hans far hade lämnat dem.

Ilona står borta vid dörröppningen och ropar åt honom.

– Psst! Vem är patient 776#? Fråga henne det!

Tanten ger henne en mordisk blick innan hon snäser fram.

– Vet vem hon är.

Albin och Ilona ger varandra frågande blickar innan det glimtar till i Ilonas ögon.

– Vem är du då?Ropar hon frågande till tanten.

-Lillith Tailor, svarar tanten väsandes.

Ännu en chock! Albin och tanten har samma efternamn. Nu är det Albins tur att ringa ett samtal, ett samtal till hans mor. Men hon bara bekräftade hela den skumma situationen.

Jävlar. Lilla morsan har nog haft rätt hela tiden! Alla trodde att hon bara blivit lite galen av sorgen. Till och med hennes egna son hade trott det. Fyfan så hemskt, tänker han ångerfyllt för sig själv.

Mary Tailor är överlycklig över att det nu finns fler som tror på henne. Hon tog snabbt flyget till scissors för att träffa sin gamla dementa svärmor.

Kapitel 16: Patient 672#

Patient nr.672 heter Roxane Beffsen. Hon är nu 42 år och har spenderat 37 av de åren på smaragdens mentalsjukhus. Hon är dömd till livstid under rättpsykiatrisk vård. Det efter att ha mördat sin familj vid knappt fem års ålder. Rösterna i hennes huvud hade tvingat henne till det. Idag är hon liten och nätt med ett sjukligt utseende. Extremt mager och utmärglad med två tydliga mörka påsar under ögonen. Det tjocka fina svarta håret var nu glest och slitet, det syntes på henne att hon levt ett hårt liv. Nu om dagarna sitter hon oftast bara för sig själv på sitt rum, och för konversationer med rösterna i hennes huvud.

En natt vaknar Roxane plötsligt till av att någonting känns fel. Hon trycker in den lilla röda signalknappen och hoppas på att det ska vara en trevlig skötare som har jouren ikväll. Någon som kan lugna henne med mediciner. Men ingen kom.

Hon ringer om och om igen men på avdelningen är det helt knäpptyst. Då glider dörren till hennes rum sakta upp. Hon tvivlar ett tag på om hon vågar öppna dörren och se vad det är som händer där ute. Hon får ju aldrig under några omständigheter lämna rummet. Det var de noga med. Kanske spelar dom ett spratt med henne? Eller testar henne?

Vad skulle hända om hon gick ut fast hon inte fick?

Men till slut tar hon i alla fall mod till sig. Om det nu är ett spratt så slipper hon ju den plågande ovissheten. Hon kliver ut i en mörk och tom korridor. Det är nästan kusligt tyst där ute. Hennes första instinkt är att springa in på rummet igen och gömma sig under täcket tills det blev ljust ute igen. Men nyfikenheten tar över och hon rör sig darrandes av skräck framåt i korridoren. Längre fram kunde hon skymta en hiss. Det måste ju finnas någon här någonstans. Kanske på någon annan våning, tänker hon försiktigt för sig själv. Hon går in i hissen och trycker på entréknappen. Men när hon trycker in knappen så börjar alla knapparna lysa upp och blinka i olika mönster. Vilken konstig hiss men den är ju märkbart gammal och uråldrig. Tekniken fungerar väl inte riktigt som den ska.

Snart hörs mekaniska dunsar ovanför henne. Sedan rasar hissen ner i hög fart. Enda ner till källaren. Hon kikar ut en liten stund men får genast en stark känsla av obehag i kroppen så hon går in i hissen igen. Hon trycker förtvivlat på alla knappar. Men hissen rör sig inte ur fläcken. Hennes enda chans är att hitta någon sorts arbetare här nere. Hon kliver försiktigt ut ur hissen och börjar gå längs korridoren som såg minst sagt skrämmande ut.

Längre fram skymtar hon en dörr som står vidöppen. Det måste väl betyda att någon fortfarande var kvar där inne? Något annat vågar hon inte hoppas på. Hon springer allt vad hon kan fram till dörren. Väl framme fryser hon till is. Rädslan får hjärtat att dunka hårt i bröstet på henne. Hon hade hittat obduktionssalen nere i källaren. På en kall metallbrits ligger en avliden man med uppskuren bröstkorg och stirrar rakt upp i taket med uppspärrade ögon. Organen ligger i någon sorts metallvåg bredvid honom. På stortån finns en lapp fastknuten med en text, antagligen med namnet på den avlidne.

ÅH GUD! Mannen som precis nyss hade stirrat upp i taket ligger nu med huvudet vänt emot henne och stirrar rakt på henne. Det här händer inte på riktigt. Rädslan gör henne helt lamslagen. Det svaga ljusskenet i taket blinkar till och slocknar sedan helt. Åh gode gud. Kunde det bli värre? Jo då, snart hörs en duns som sedan följs av ett hasande ljud som närmar sig henne fortare och fortare. Adrenalinet rusar runt i kroppen på Roxane och hon börjar springa fortare än vad hon någonsin trott hon skulle kunna.

Men korridoren är nu också helt becksvart. Hon har ingen aning om vart hon ska ta vägen.

När Ilona och Albin kommer på besök för att försöka få reda på vad Roxane har för koppling till Albins fars försvinnande, så får de reda på hennes plötsliga oförklarliga försvinnande natten innan. Personalen räcker fram en kartong åt dem med Roxanes behörigheter.

–Hon har inga släktingar som vill veta av henne så ni får väl göra som ni vill med tillhörigheterna. Kanske kan dom hjälpa er att hitta henne, säger sköterskan lite spydigt.

I kartongen finns det:

*En CD-spelare med tillhörande CD-skiva

*En liten flick- bebisdocka som låg i en rosamålad ihopsnickrad vaggsäng av trä.

Sängen såg ut som något Roxane hade gjort själv. Dockan med för den delen. Men vad står det för namn på den lilla docksänggaveln? Den darriga handstilen är svår att urskilja.

– Titta det finns en till lite större docksäng här, säger Albin och håller upp sängen.

I sängen ligger ytterligare en docka inlindad i ett vitt knyte. Hon börjar lyfta upp byltet men stelnar till av chock och tappar den på marken. Dockan blir helt synlig där på golvet. Hon får kalla kårar. Dockan är så lik henne med sitt lila hår. Nu är det Albins tur med ett hånflin mot Ilona.

– Äh, hur stor är sannolikheten att det är du även om hon har lila hår, retas han.

Men det var inte långvarigt. För snart får han syn på alla de små detaljerna på dockan som Ilonas piercingar och tatueringar. Shit vad den här kvinnan verkar veta mycket om Ilona. Även fast hon suttit instängd i större delen av sitt liv. Det här var läskigt. Vem var hon egentligen? Den här Roxane Beffsen?

I lådan ligger också ett gäng pappersbitar, något som ser ut som ett sönderrivet fotografi och några hopknycklade gamla brev. Ilona känner hur nackhåren reser sig när hon åter igen tittar på dockan. Hur kunde hon veta precis hur Ilona ser ut när de aldrig träffats? Och Roxanne som suttit inlåst hela Ilonas liv?

Hon står som fastfrusen med dockan i handen och kan inte röra sig. Det är som att dockan har förtrollat henne.

– Vi måste kolla besöksloggen. Det här är ju helt otroligt, avbryter Albin och rör sig mot disken. Receptionisten bara viftar avfärdande med handen mot honom och fortsätter att prata med någon i telefonen.

– Jag har försökt allt. Tro mig Beatrice! Han nappade ju självklart på ditt förslag om trekanten och den gick ju bra men han vill fortfarande inte ta mig tillbaka Och nu när jag följer ditt sista förslag, och säger att jag är gravid, så bara skrattar han åt mig och säger att han steriliserade sig efter sitt tredje barn med sin fru. Han kommer aldrig lämna henne för mig eller hur? *snyft* varför vill han inte ha mig? Vad är de för fel på mig? Han säger ju att jag är det bästa sexet han haft. Jag går till och med med på att kissa honom på bröstet ,vilket hans fru inte verkar älska honom tillräckligt mycket för att göra. Det är verkligen slut nu! Åh! Vad ska jag göra Bee? Mitt liv är över, gråter receptionisten i telefonen innan Albin får nog.

Han sträcker sig hastigt över disken och trycker aggressivt in knappen för att lägga på

160

luren. När receptionisten ger honom en trotsig blick så visar han nonchalant upp sin polisbricka. Man ser tydligt vanan i hans rörelser. Han var van vid att kunna bete sig som han ville.

– Vi behöver kolla besöksloggen till patient nr 672 Roxana Beffsen. Du kan fortsätta ringa dina privata samtal efter arbetstid, säger han med en gäspning.

Receptionisten blänger ilsket på honom när hon räcker över loggen. Ilona snor hastigt åt sig loggen. Hon bläddrar bland papprena och läser intensivt. Ett namn sticker tydligt ut till skillnad från resten av bokstäverna. "Daisy Woodstock" Ilona tappar andan. Albin ser hur Ilona stannat upp och står nu bara flämtande och stirrar på pappret.

– Vad är det? Undrar han. Men Ilona rör inte en min där hon står.

Han rycker otåligt pappret ur handen på henne och får snart syn på namnet som han också kände igen så tydligt. Daisy är Ilonas mamma. Han drar en suck och fortsätter att läsa namnen på listan. Där ser han även "Lillith Tailor" som är namnet på hans farmor. Men han blir inte förvånad. Lillith hade ju haft Roxanes sjukhusarmband uppe i sitt gömställe

161

på vinden. Men varför trodde Lillith att Roxane skulle ha något att göra med hans fars försvinnande? Kunde det finnas någon sanning i detta eller var Lillith bara en gammal galen tant som hittade på saker? Men sammanträffandet är för lustigt. Att både hans far och Roxane nu hade försvunnit spårlöst, som om de båda bara hade gått upp i rök.

Medans Albin står och undrar över sin fars koppling till allt detta så försöker Ilona förstå varför hennes mor aldrig hade nämnt något om Roxane. Som det såg ut så hade de träffat varandra i stort sett dagligen. Vem var egentligen Roxane?

Kapitel 17: Roxane

Ilona vet att hon kommer bli tvungen att besöka sina föräldrar för att få reda på vad de hade för relation till Roxane. Men hon sköt helst upp det så länge som möjligt. Hon hade inte ens pratat med dem sedan hon rymde hemifrån och flyttade in på strippklubben med Hennessy. Bara tanken gör det omöjligt för henne att sova så, för att distrahera sig står hon nu mitt i natten på labbet och undersöker Roxanes tillhörigheter.

Hon börjar med de sönderrivna fotona. Pusslar ihop dem bit för bit. Det är bilder på Roxane och Ilonas föräldrar. Hon blir inte ens förvånad längre. Det verkar som att Roxane också har varit gravid samtidigt som Daisy hade Ilona i magen. Undrar vart det barnet tagit vägen? Missfall? Ilona tänker på dockorna och ryser till. Men varför hade någon rivit sönder bilderna? Hade Roxane gjort det?

I botten av lådan finns det även hela och nyare bilder. De hade hon missat tidigare. Roxane måste ha fött ett nytt barn alldeles nyligen. Eller var det kanske ytterligare ett missfall? Kunde det vara en ledtråd att Keith Wild (Flickans första kända mordoffer) var med på en av bilderna? Han hade ju jobbat extra som skötare på sjukhuset,så det behövde ju inte betyda någonting. Men det kändes skumt med tanke på allt annat som kopplats ihop i detta mysterium. Hon bestämmer sig för att gå igenom allt de har kvar ifrån Keiths mordfall när hon är färdig med Roxanes fall. Det skadar inte heller att slänga iväg ett sms till Albin och dela med sig av misstankarna. Det var ju trots allt även hans far som var iblandad.

Bleep sådär!

Men Albin som slungats ur sina sköna våta drömmar när sms-signalen väckt honom blir bara sur. Hur kunde hon bara messa honom så där mitt i natten. Saknade hon hyffs? Han är för förbannad för att läsa vad hon skrivit.

På labbet sätter Ilona i Roxanes cd-skiva i spelaren. Det bara sprakar. Hon skulle precis ge upp och stänga av spelaren när man plötsligt hör ljudet av någon som harklar sig. Det måste vara Roxane. Hon börjar sjunga på något som verkar vara en vaggvisa.

"Beeum, beeum, bambalow, Bambalow and dillidillidow".
My little friend I lull to rest.
But outside

A face looms at the window.."

Det var en lustigt liten vaggvisa. Hon skulle bra gärna vilja veta varför Roxane valt den.

Hon sätter sig vid sitt skrivbord och börjar studera bilderna för att inte missa någon detalj. Enligt bilderna verkade de varit bra vänner alla tre. Så lustigt att Ilona aldrig ens hört dem nämna hennes namn förut. På det sista fotot på Roxane och Daisy tillsammans så var de båda höggravida. Undrar om det var något som hände efter det? Något som fick Roxane att riva sönder alla de glada vänskapliga bilderna?

Så hon sätter sig vid datorn och försöker ta reda på mer om Roxanes graviditeter. Men enligt sjukhuset så har Roxane aldrig ens varit gravid. Det var alltså något skumt med graviditeterna. Ilonas nyfikenhet växte. Vart har Roxanes barn tagit vägen? En borde ju vara lika gammal som hon själv. I den här lilla staden måste hon ju stött på honom eller henne. Tröttheten tynger ner ögonlocken.

Hon vaknar till av att chefen harklar sig högljutt åt henne och tittar förvånat upp ifrån sitt skrivbord med ett av fotona fastklibbat i pannan. De skarpa solstrålarna från morgonljuset träffar henne rakt i ögonen samtidigt som chefen står och blänger tydligt uppretad på henne. Då minns hon hur barnsligt oprofessionellt hon hade betett sig mot chefen sist. Då när hon hoppat ut genom fönstret och lämnat arbetet för att träffa Albin. Men hon har turen med sig. Som kvinna finns det alltid en sak man kan skylla ifrån sig på här på stationen utan att bli ifrågasatt. Hon börjar.

–Förlåt för senast! Jag vet inte vad som flög i mig, jag hade ju fått min mens och så.

Chefen får en panikartad blick när han hastigt avbryter henne.

–Ehm, Du behöver inte säga något mer tack! Allt är förlåtet.

Vilken tur hon haft att Beirut inte hade dykt upp till arbetet än. Med henne här hade hon nog inte sluppit undan lika lätt. Ilona gör en grimas när hon tänker på hur den där tanten alltid skulle lägga sig i så fort någon inte följde reglerna ordentligt. När chefen gått därifrån och låst in sig på sitt kontor som vanligt så lägger sig Ilona tillrätta på en av undersökningsbritsarna och somnar om. Hon struntar i arbetet idag.

Medans Ilona ligger och sover på labbet så vaknar Albin yrvaket upp där hemma i stugan och läser då hennes sms för första gången.

Hm. Keith Wild? Han hade även under någon period jobba extrat under hans far med något hemligt projekt tillsammans på stadens vetenskapslabb. Det kommer Albin ihåg. Det var bara några dagar sedan nu som Keith hade hittats ihjälhuggen i sin egen källare. Det visste han, för det var ju han som tagit fast mördaren. Men han kanske skulle ta och besöka mordplatsen igen och ta en mer ordentlig titt efter något som kunde ha med hans far eller deras hemliga projekt att göra? Men allra först skulle han minsann proppa i sig några kakpaket.

Ute i köket sitter redan hans mor Mary och dricker te med hans farmor Lillith. Tanten som skrämt livet ur honom bara dagen innan. Lustigt att se dem sitta tillsammans som en familj efter gårdagens händelser. Lillith får syn på honom först och reagerar precis som igår.

–ÅÅH! Johnny är det verkligen du? Lillith är påväg upp ur stolen när Mary lägger handen på henne och förklarar lugnande att Albin är hennes barnbarn, vilket hon redan gjort ett antal gånger tidigare. Men Mary var en beundransvärt tålmodig och kärvänlig kvinna så hon gjorde det gladligen utan att ens ägna det en tanke. Albin tog inte lika lätt på sin farmors demens.

– Vad fan är det här för semester egentligen, muttrar han och lunkar tillbaks in på sitt rum med famnen full av kakpaket. Han är tillbaks i sitt gamla pojkrum men allting är förändrat, nu har han helt plötsligt en dement gammal farmor som levt på deras vind i åratal och dessutom så hade hans far aldrig övergett dem frivilligt. Så länge sedan det var sedan han hade ägnat sin far en enda tanke. Och nu så kunde han inte sluta tänka på honom. Hatet har bytts ut mot kärlek och total förvirring. Nu kan han plötsligt se tillbaka på deras minnen tillsammans och känna någon form av glädje. Innan hade han vägrat tänka på aset som bara övergett dem och känt sig så sviken.

Men det där hemliga projektet som hans far jobbat med innan han försvann. Det gör honom bara mer och mer nyfiken. Han var ju polis nu. Kunde han kanske inte använda sig av sitt yrke för att få veta vad som var så hemligt? Han ringer chefen, förklarar läget och ber om hjälp.

Snart så har han fått en fil mejlad till sin arbetsmejl om projektet. Så enkelt var det alltså. Men han visste inte att chefen hade gjort vad som helst av ren rädsla för honom i just detta tillfälle. Och att det var därför allt gick så snabbt.

Dokumentet är långt och nästan helt obegripligt, men han lyckades tyda att de skulle rört sig om någon sorts levande materia som aldrig setts förut., De hade gjort ett försök att blanda mänskligt DNA med detta för att framställa någon sots försökskanin. Men hans far hade avslutat projektet där helt tvärt. Det var det sista som hänt precis innan försvinnandet. Så hur i helsike hörde allting ihop nu? Hans far försvann samtidigt som projektet skapades. Han tänkte tillbaks på vad hans farmor sagt om försvinnandet och patient 672 eller Roxane som hon egentligen heter. Men vad kunde hon ha med allt att göra när hon satt inlåst på sjukhuset och gjort det under hela tiden?

Ju mer svar han hittade desto mer frågor väcktes inom honom. Allt var bara så märkligt. Senaste personen som träffat hans far måste ju vara hans assistent Keith Wild. Han som nu flera år senare mördats av flickan. Så typiskt. Men mordplatsen fanns ju fortfarande kva. Han kunde undersöka Keiths tillhörigheter och kanske hitta något som har med projektet att göra.

Han öppnar försiktigt sin dörr och tittar ut i köket. Till sin besvikelse sitter fortfarande Mary och Lillith kvar där. Impulsivt så springer han ut igenom köket så fort han kan för att slippa en till "Kram-attack" ifrån sin dementa farmor. Mary bara fnissade åt honom när han rusade förbi, men planen hade lyckats. Han hade nu tagit sig ut ur huset utan att Lillith fått syn på honom. Puh, skönt!

Motorn på den gamla Volvon låter förskräckligt när han gasar iväg och han börjar genast sakna sin Dodge. Volvon gav definitivt inte samma känsla, hur skulle han kunna få ur sig sina aggressioner genom att gasa med den här futtiga bilen?

– Vilken jävla semester, muttrar han återigen för sig själv. Det kändes bra att prata med sig själv.

– Ska vi ta en sväng Keithan och se vad han har att säga om det här då, fortsätter han med löjlig röst.

– Åh! vad imponerande! Du är fan bäst Albin, smartast, snyggast och bara bäst, säger han och låtsas vara en beundrare. Hans ego växer en aning trots att han sitter i en skruttig bil.

YEAH! I'm the fucking KING, tänker han nöjt och försöker gasa ännu mer fast plattan redan nått mattan för länge sen. Det kändes som att det gått evigheter innan han till sist är framme. Men det var ju bara för att han var van vid att gasa fram i sin bil, istället för att köra lagligt som de andra bilförarna i trafiken.

Keith bodde ensam ute på landet i en röd liten stuga med vita knutar. Källaren hade en dörr av betong som nu stod på vid gavel. Han öppnar dörren och river ner polisavspärrningen, när han obekymrat kliver rakt in i källaren. Ojojoj här var allt i en enda röra. Att organisera sina saker var nog något som Keith varit dålig på. Men något hade han pysslat med här nere. Så mycket kunde man se i alla fall. Minnen med flickan tränger sig på och han minns hur hon påstått att han gjort grymma experiment på henne innan mordet. Han som då avfärdat det som lögner kunde nu se att det skulle kunna finnas en sanning i det. När han senare lyckats hitta läderremmar med spännen bland allt stök så blir han övertygad över att flickans skräckhistoria faktiskt var sann. Han ryser till av obehag.

Keith hade alltså spänt fast flickan med läderremmarna för att hon inte skulle kunna göra något motstånd. Det var ju hemskt! Han hittar massor med hemska saker. En gynekologisk stol där man kan spänna fast offret med benen särade rakt ut i luften.

Men han kan inte låta bli och undra över flickans omänskliga blick när hon bytte personlighet. Kunde det ha något med experimenten han utfört på henne att göra? Vem var hon ens och vart kom hon ifrån? De hade ju aldrig hittat hennes namn ens. Stackars flicka egentligen. Det verkade ju inte vara någon som brytt som om att hon försvunnit. Inga föräldrar. Oälskad, bortrövad och torterad. Han ångrar genast sin taskiga attityd som han haft mot flickan. Han förtjänar nog trots allt den där värken i axeln efter stolen hon slungade mot honom. Vad var föresten lite värk i axeln jämfört med vad hon måste gått igenom? Inte konstigt att hon blev schizofren och fantiserade sig fram en räddare. "John" hade hon kallat honom för och pratat om honom med sån värme och kärlek i rösten.

När han står där och inspekterar platsen så säger magkänslan åt honom att Keith nog aldrig avslutat projektet. Även fast det skapades när Albins far försvann. Han tog istället hem det och fortsatte i sin källare. Det känns trovärdigt, men han hittar inga spår av någon sorts levande materia där nere.

Han är envis och håller på att leta hela eftermiddagen innan han får ge upp. Solen som håller på att gå ner glimtar till lite i skyn när han följer grusvägen som går ifrån källaren och upp till huset. Han känner på dörrhandtaget. Självklart är dörren låst. Vad hade han förväntat sig? Så han tar den största stenen han kan hitta i gruset och krossar fönstret bredvid dörren. Nu är det han som gör intrång på någon annans tomt, men det struntar han i. Till sin förvåning hittar han ett par trosor i tvätthögen på golvet. Han fiskar genast upp en plastpåse och lägger i trosorna i hopp om att Ilona ska kunna hitta DNA inuti dom på labbet sedan. En kvinna hade allstå varit här med Keith. Det var helt ny information. Kvinnan kanske satt på information om projektet nere i källaren eller kanske var hon till och med en medbrottsling?

Inget mer av intresse dyker upp när han noggrant går igenom hela huset efter ledtrådar. Han hoppar tillslut ut igenom fönstret igen. Ute har det hunnit bli mörkt och kvällen är här, men han är för ivrig för att kunna vänta tills imorgon. Han gasar iväg mot labbet och Ilona.

Hon vaknar till av att Albin puttar på henne och stirrar på henne med en instsivt galen blick. Han sträcker fram en påse med ett par rosa spetstrosor och vill att hon ska leta DNA. Hon sätter på sig handskarna och känner sig lite smått äcklad när hon topsar gammalt slidsekret ifrån trosan. DNA:t som hittades kändes så bekant på något sätt.helt förunderligt. Men snart inser hon varför. Det var ju för i helsike Roxanes DNA, hon som studerat Roxane hela natten borde förstått det ännu tidigare.

En patient som befunnit sig utanför sjukhuset och hemma hos sin skötare. De verkar ha haft någon affär tillsammans med tanke på de sexiga trosorna. Det var inga sjukhustrosor direkt. Så det var ju antagligen han som gett henne dem ifrån början eftersom att hon satt inlåst. Hon ler när hon ser framför sig hur de smög med sina känslor för varandra inne på sjukhuset. En enda bild hade hon ju hittat på Keith bland Roxanes bilder. Men här har vi alltså även något som skulle kunna ge en förklaring till vad patient 672 har med Albins fars försvinnande att göra. Alla inblandade i projektet var nu antingen döda eller förvunna. Albins far var spårlöst försvunnen, keith blev mördad och nu Roxane som också försvunnit. Kunde det vara ett sammanträffande att de alla var borta nu? Eller har det med projektet att göra? Nu börjar saker verkligen bli intressanta här, vilket får henne att genast piggna till och bli skärpt.

Kapitel 18: Det oförlåtliga

Daisy fnissar när Bens hand smeker henne på låret. Han glider sakta in mellan hennes ben.

– Vi har inte tid nu, vi ska träffa Roxane om en halvtimma, fnissar hon till samtidigt som hon lyfter undan Bens hand. Men Ben ger sig inte.

– Lite sena kan vi väl bli i alla fall, säger han och ger Daisy en upphetsad blick.

– Nej, hon är min barndomsvän och hon sitter inlåst på det där stället hela dagarna, säger Daisy med bestämd min.

– Det enda hon har i livet att se fram emot är våra besök, tilläger hon sedan med sorgen ton och med blicken fäst rakt ut i tomme intet.

Ben drabbas av skuldkänslor. Nu hade han fått henne att tänka på allt det där som bara gjorde henne ledsen och upprörd. På hennes stackars barndomsvän som tvingades spendera sitt liv inlåst på mentalsjukhus.

Daisy och Roxane träffades första gången när de gick på dagis tillsammans. Det hade klickat emellan dem direkt och de va oskiljaktiga sedan dess. Daisy mindes hur de skrattade och hade kul hela dagarna på dagiset. Men jämt när den lilla visaren på klockan stod på 4 och den stora började närma sig 12 märktes det på Roxane. Hon var inte sig själv längre, utan mer dyster och nedlåten. De pratade aldrig om vad som förekom hemma hos Roxane men det syntes tydligt och klart att det var något som inte stod rätt till.

Hon minns det som igår när hennes mor väckte henne mitt i natten för att visa henne en bild av Roxane på TV:n. Lilla Roxane ler stort in i kameran, Daisy kände igen bilden direkt det var porträttet som de hade tagit på dagis tillsammans. Roxane log så stort åt kameran för att Daisy hade ställt sig bakom fotografen och gett honom kaninöron.

– Är det här Roxane, din kompis ifrån dagis, frågade hennes mor med ett kusligt allvar på rösten. Daisy var så chockad att hon inte kunde prata så hon tvingade fram en liten nickning.

Hon förstod det aldrig då, men nu vet hon att det var natten då Roxane hade mördat sina egna föräldrar. Varför hon gjorde det hade Daisy aldrig fått svar på. Roxane ville aldrig prata om sin familj eller om det som hände och på den punkten var hon bestämd. Men Daisy vet enda in i själen att Roxane inte är en ond människa, så vad som än hände så måste det ha funnits orsaker till det.

Daisys mor förbjöd självklart Daisy att träffa Roxane efter morden. Men Daisys far ställde upp i smyg och tog med henne till sjukhuset där Roxane satt inlåst. Så hade Daisy och Roxane börjat träffa varandra dagligen på sjukhuset. De berättade om allt som hände i deras liv för varandra. Roxane älskade att höra på om Daisys liv utanför sjukhuset. Man skulle kunna säga att Roxane levde sitt liv via Daisy. Så hade deras relation sett ut sedan den dagen då Roxane blev inlagd på sjukhuset. När Daisy träffade Ben så fick även han följa med ibland och träffa Roxane.

–Jag ser fram emot att ge henne de goda nyheterna, avbryter Ben med ett brett leende. Daisy skiner upp och de går båda mot bilen tillsammans.

Framme på sjukhuset blir de först visiterade, men det var något som Daisy hade blivit så van vid. Hon kände varenda personal som jobbade på sjukhuset så det blev en vänlig visitering. Sedan visas de till samma gamla besöksrum som de alltid suttit i sen de var små. Där inne sitter Roxane med ett stort busigt leende på läpparna. Daisy och Roxane stirrar på varandra med förväntan.

– Jag är gravid, jublar Roxane.

– Va?! Är det sant?! JAG OCKSÅ, jublar Daisy tillbaka

De tar varandras händer och hoppar upp och ner tillsammans. Ben är lika lycklig som Roxane och Daisy och hoppar även han.

Hur kunde de ha sådan tur att de båda blev gravida ungefär samtidigt? Tänk att få dela denna lycka med sin närmaste vän! Men den lyckan upphör tvärt sex månader senare när Daisy får ett missfall. Daisy och Ben fylls då av avundssjuka när de hälsar på Roxane, som fortfarande har sitt barn i magen. De började då planera att de skulle ta Roxanes barn. Roxane berättade ju fortfarande om allt som hände i sitt liv för Daisy så de visste att pappan till barnet var en av skötarna som jobbade på sjukhuset. De visste att han inte ville veta av barnet. Så Ben gjorde då ett avtal med skötaren om att personalen skulle dokumentera Roxanes barn som ett missfall, och sedan ge över barnet till Daisy och Ben. Under tiden låtsades Daisy inför alla i byn att hon fortfarande var gravid. För att inte väcka några misstankar. De lyckades även övertala Roxane att det bästa för hennes barn var att de fick adoptera det. Att det skulle få ett lyckligare liv ute i friheten med dem än inlåst med Roxane på sjukhuset. Även om det inte spelade någon roll vad Roxane tyckte. De hade ju redan planerat med läkaren att de skulle stjäla barnet. Läkaren som vid det här laget var desperat, och bara ville få bort alla bevis på att han haft en olämplig relation med en patient.

Roxane var förtvivlad över att förlora sitt barn men hon kunde inte föreställa sig någon bättre vårdnadshavare för sitt barn än Daisy. Hon var ju hennes närmaste vän. Då trodde hon också att detta betydde att hon skulle få träffa sitt barn och se det växa upp. Men Daisy och Ben hade andra planer.

– Varför får jag aldrig träffa min lilla flicka? Varför tar ni aldrig med henne hit när ni hälsar på? Frågar Roxane en dag.

Daisy och Ben tystnar och kollar på varandra.

– Läkarna här är alla överens om att det inte skulle vara ditt bästa att träffa henne. De är rädda att det ska vara för svårt för dig eftersom att du inte har vårdnaden, säger Ben efter ett tag. Självklart var detta en lögn för i läkarnas ögon så var barnet Daisys och Bens och de kunde göra som de ville med det barnet.

Men Daisy och Ben var båda rädda att de skulle förlora sin lilla flicka. Speciellt när hon växte upp och började likna Roxane mer och mer. Men de tar alltid med sig bilder på henne och berättar om allt som händer i flickans liv för Roxane när de hälsar på henne. Daisy och Ben uppfostrar Roxanes flicka som sin egen och döper henne till Ilona efter Bens mormor. Men de kan aldrig släppa känslan av att hon inte tillhör dem. Skammen och rädslan över att bli upptäckta fläckar ner tillvaron.

När Ilona sedan rymmer hemifrån och börjar arbeta som strippa på stadens strippklubb så ger de upp. Då erkänner de för sig själva att hon tillhör Roxane. För deras barn hade aldrig förnedrat dem så skamligt. Rykten sprids snabbt i den lilla staden och alla de andra invånarna tror att Ilona verkligen är deras barn, så den skammen fick de tyvärr bära. Ben blir rasande när han får reda på att Ilona är tillsammans med en betydligt äldre och mörkhyad strippa. Allt som han var emot. Sen dess slutade de att bry sig om Ilona helt och hållet.

För Roxane spelade det ingen roll att Ilona började strippa och drog skam över sina vårdnadshavare. Hon släppte aldrig taget och slutade aldrig bry sig om Ilona. Hon sydde flera dockor som skulle föreställa sin dotter. Bara så att hon skulle kunna låtsas att verkligheten inte alls var så grym som den var. Hon hade fullt med kärlek att ge men ingen som ville ha den. Medans Ilona på andra sidan sökte efter kärleken som hon aldrig fick av sina vårdnadshavare. Den kärleken som Roxane var så redo att ge. Så vem vet? Hon kanske skulle haft ett bättre liv inlåst på sjukhuset med Roxane ändå.

Nu flera år senare så knackar det på Ben och Daisys dörr. Ben som sitter i fåtöljen och läser tidningen reser sig upp och går långsamt mot dörren. Han ställer sig och kikar ut genom kikhålet på dörren. Då stelnar han till och tidningen faller ner mot golvet.

– Vem är det, frågar Daisy förundrat där hon står och stryker en av Bens skjortor.

– D..dd..det är Ilona, stammar han tyst fram.

Daisy drar efter andan och strykjärnet faller mot golvet. Strykjärnet landar, studsar till och landar sedan igen på Daisys fot.

-AAJJ, vrålar Daisy.

Ben är snabbt där och förstår att Daisy fått en allvarlig brännskada.

– Vi måste upp till sjukhuset, ropar han. Men Daisy kan inte gå på foten så han lyfter upp henne i ren panik och rusar ut med henne mot bilen.

Där ute står Ilona med förbryllad min.

– Vi hinner inte prata nu vi måste upp till sjukhuset, ropar Ben hastigt efter sig. Han placerar Daisy i passagerarsätet, springer runt bilen, sätter sig i förarsätet och gasar sedan iväg.

Bakom sig hör de polissirener och förstår att Ilona följer efter dem. Attans! De vill inte prata med henne, speciellt inte nu.

När de är färdiga på sjukhuset så väntar Ilona på dem utanför.

– Vi vill inte ha något mer med dig att göra.

Det trodde jag att du visste, säger Ben spydigt samtidigt som han försöker hjälpa Daisy in i bilen, med kryckorna som hon fått på sjukhuset.

– Det här är en polisutredning. Ni behöver följa med till stationen och svara på några frågor, svarar Ilona proffsigt. Daisy tappar hakan.

– Förhör? Skojar du med mig?! Du är ju Forensiker och inte utredare, svarar Ben chockat.

Då kliver en man fram med kaksmulor i skägget.

– Nej men jag är en utredare och följer inte ni med till stationen frivilligt så kommer jag bli tvungen att sätta handfängsel på er. Då förstår Daisy och Ben verkligen allvaret. Men vad har de med en polisutredning att göra? De följer med Ilona och Albin till polisstationen.

– Vad har ni för relation till Roxane Beffsen?
frågar Ilona bestämt.

Både Daisy och Ben fryser till is. Roxane?
Polisutredning? Hade Ilona lyckats ta reda på
sanningen? Var det nu som de skulle få sona
för sitt brott? Daisy snyftar till.

– Okej vi erkänner, vi är skyldiga säger hon
med gråt i rösten.

Nu höjer både Albin och Ilona på ögonbrynen.
Hade de löst fallet med försvinnandet av
Roxane?

– Vi gav dig ett bättre liv. Hade vi inte tagit
dig så hade du växt upp inlåst på det där
sjukhuset, gråter Daisy förtvivlat.

Ilona blir helt paff.

– Vad pratar du om? Vi utreder försvinnandet
av Roxane, svarar hon.

Daisy gapar.

– Är Roxane försvunnen? frågar hon
chockerat.

– Tagit mig? Ifrån vem? undrar Ilona.
Åh nej! Nu hade dom gjort bort sig. Det är ingen idé att försöka neka nu.

– Roxane Beffsen är din biologiska mamma, svarar Ben stelt.

Kapitel 19: Kärleken på mentalsjukhuset

Roxane kommer aldrig att glömma första gången hon träffade Keith Wild. Det var samma dag som han började jobba på anstalten där Roxane bor. Han arbetade som assistent till Tommys far som i sin tur jobbade som läkare på sjukhuset. Så när Keith kom in i bilden så tog han över alla patienter som Albins far hade hand om innan. Och en av dem patienterna var Roxane.

Det är en lugn dag på sjukhuset, Roxane sitter på sitt rum och pysslar med sina dockor vilket hon gör varje dag. Så flyger dörren plötsligt upp och in kommer en sliskig man klädd i en skrynklig vit rock. Han sträcker artigt fram handen för att hälsa på Roxane som inte alls förstod varför mannen hade avbrutit hennes lilla dockstund.

– Mitt namn är Keith wild och jag är din nya skötare nu säger mannen.

Roxane står bara och stirrar på honom. Han liknar intenågon annan läkare som hon träffat tidigare.

–Så nu tillhör du mig, säger han och tar tag i Roxanes nacke.

Hon blir genast helt stel i kroppen och kan inte röra sig. Han lägger henne med rumpan i vädret på sängen och sen tränger han sig in i henne. Roxanne vill bara skrika men hon får inte fram ett ljud. Hon är inte ett dugg våt så det svider förskräckligt varje gång han stöter in den. Egentligen pågår det bara i några minuter men för Roxanne känns det som en evighet innan han är färdig.

Hon hatar honom men hon kan inte låta bli att känna en sorts dragning till honom ändå. Så fortsatte Roxanes och Keiths relation. Han behandlade henne som sin privata sexslav och hon kände sån stark hatkärlek till honom. Sedan så hade ju Roxane sett vad Daisy hade ihop med Ben och hon ville inget hellre än att själv ha det så. Därför intalade hon sig själv att hon kunde ändra Keith bara hon ansträngde sig tillräckligt. Men Keith hade inga planerpå att ändra sig. Han såg inte ens det som han och Roxane hade som ett förhållande. Hon var bara hans privata ägodel.

Men Roxanes hopp dog aldrig och det hjälpte inte att Keith hade stunder då han var väldigt kärleksfull och omtänksam. Han blandade våld, hot, otrohet, lögner, våldtäkt och trakasserier med gulliga omtänksamma gester. Men alla omtänksamma stunder var bara ett spel ifrån Keiths sida. Ett spel för att lyckas hålla kvar Roxane.

För stackars Roxane som suttit inlåst i större delen av sitt liv så var Keith hennes enda chans till att kunna få det som hon sett att Daisy och Ben had,e och som hon alltid velat ha själv. Kärlek. Tragiskt nog så är det hennes desperata längtan efter kärlek som gör henne till ett lätt offer. Hon ser inte själv att hon är kär i en person som är oförmögen att älska henne tillbaka. Hon vet inte att det hon lider av har ett namn, stockholmssyndromet.

Men just denna dag är Roxane överlycklig. Keith hade lovat henne att han skulle ta med henne ut utanför anstalten och visa henne hur han bodde. För Roxanne som suttit inlåst i större delen av sitt liv så känns det jätte stort att få se hur det ser ut utanför de vita väggarna. Sedan det här att hon äntligen ska få se hur Keith bor också. Det gör ju bara saken ännu bättre. Hon såg det hela som en romantisk handling ifrån Keiths sida och trodde att han äntligen var redo att älska henne tillbaka på det sättet som Ben älskade Daisy. Så ja, man skulle kunna säga att det här var en bra dag för Roxane.

Hon sitter på sängen med en avfallspåse i famnen. I påsen har hon packat ner alla de nödvändigheter som hon kanske skulle komma att behöva under sin resa. Hon stirrar intensivt på dörren och väntar på att den ska öppnas och att Keith ska komma in. Men tiden går och hon ser inget spår av Keith. Han skulle varit här tjugo över och nu börjar den närma sig hel igen. Tänk om han inte kommer? Hon känner hur rädslan grabbar tag i henne med obarmhärtig styrka. Hon som hade sett fram emot det här så länge.

Tystnaden får klockans tickanden att låta plågsamt högt. Varje tick är bara som en påminelse om att Keith inte är här. Roxane börjar fundera över om han kanske är sur på henne igen. Han kunde bli det utan förvarning och utan någon märkbar orsak. Det kändes som att allt hon gjorde bara var fel enligt honom. Hade han varit här nu så hade han säkert hånskrattat åt henne och kallat henne för patetisk för att hon sitter och väntar så hoppfullt på något som inte verkar hända. Men vad hade hon annars att se fram emot? inlåst på det här trista stället. Han måste komma.

Just då så flyger dörren upp och in kommer Keith rullandes med en tvättvagn.

– Ledsen Roxy. Det tog lite längre tid än jag trodde att ge Sara sina mediciner, säger han och skrattar nöjt för sig själv.

Sara? Hon var en annan patient som Keith hade hand om. Roxanne gillade inte Sara men det berodde nog mest på att Keith verkade så intresserad av henne. Men vad hade han gjort hos Sara i fyrtio minuter? Det var just sådant här som fick Roxanne att avsky Sara och hatet var ömsesidigt. Att Keith var otrogen emot Roxanne var ingen nyhet. Men hon tröstade sig själv med att det var just hon som Keith valt att ta med hem i helgen.

Keith räcker fram en påse med trycket "Sucker for fashion" på.

– Jag har köpt lite kläder åt dig. Du kan ju inte ha på dom där fula sjukhuskläderna om vi ska vara ute bland folk, säger han och viftar lite otåligt med påsen framför henne.

Hon sträcker tveksamt ut handen efter påsen. Hon hade inte burit vanliga kläder sedan hon var ett litet barn. Det var innan hon hamnade här på anstalten. Ivrigt sliter hon ut kläderna ur påsen för att inspektera dom.

Där fanns ett par mörka stuprörsjeans, små söta blåa strumpor med varsitt svart litet katthuvud på, en liten vit magtröja med texten "Don't care" i svart på, ett par svarta tygskor med vita skosnören, en liten svart skinnjacka med små nitar på och små rosa spetstrosor med en matchande rosa spetsbh till. Hon känner hur tårarna börjar rinna av lycka. Det var första gången som hon fått något från Keith. Hon vill bara ge Keith en stor kram men hon var rädd för att det kanske skulle göra honom sur.

–Vad står du och bölar för? Skynda dig och ta på dig kläderna istället, säger Keith otåligt och stampar lite hetsigt med foten.

Hon börjar med strumporna, sådana hade hon ju i alla fall haft på sig tidigare så det var inga svårigheter att få på sig dem. Likadant med trosorna och bh:n.

Men när det var dags att åla sig ner i de tajta stuprörsjeansen så får hon lite problem. Hon hade ju bara haft på sig löst sittande kläder tidigare så det här var något helt nytt. Keith ger ifrån sig en högljud suck sen så hjälper han henne på med byxorna. Han grabbar tag i tröjan och ber henne att sträcka upp armarna sen så sätter han på henne den ungefär så som man klär på ett barn. Han beordrar henne att sätta sig på sängen så att han kan hjälpa henne på med skorna. Roxanne är förtjust. Hon gillar känslan av hans omtanke då han hjälper henne på med kläderna. När han är färdig så ställer hon sig upp för att känna hur de åtsittande kläderna kändes mot hennes kropp.

– jävlar Roxy, du har ju former som en riktig kvinna, utbrister Keith och daskar till henne på rumpan. Roxane fnissar stolt, det var första gången som hon kände sig riktigt snygg. Om bara Sara hade varit här nu och sett när Keith uppskattade hennes former. Hon ler nöjt. Det är faktiskt henne som han valt och inte Sara. Roxanne måste vara mer speciell för honom än vad Sara är.

– vad står du där och stirrar ut i luften för? Hoppa i tvättvagnen nu så vi kan ge oss iväg, säger Keith otåligt och trummar med fingrarna på den rostiga gamla tvättvagnen. Han lyfter upp ett gäng med sjukhuströjor ur vagnen och pekar åt Roxane att hoppa i. Hon rör sig försiktigt medans hon kravlar i vagnen. Han lägger ner sjukhuströjorna som han höll i handen och gömmer Roxane under dem. Sedan börjar han rulla iväg utåt. Roxanne ligger gömd i tvättkorgen och väntar förväntningsfullt i sina nya fina kläder medans vagnen rullar iväg. Hon känner tydligt när vagnen går från att åka på sjukhusgolvet till asfalten som får vagnen att guppa hetsigt. Hon är utanför nu! Det pirrar förskräckligt i magen på henne.

Plötsligt så stannar vagnen upp. Hon ligger kvar och trycker under kläderna, hon vågar inte gå upp fören Keith säger att det är okej. Han lyfter på kläderna och ställer sig och blänger på henne med armarna i kors.

– Kan jag komma ut nu? frågar hon tveksamt.

– mm, svarar han sammanbitet. Hon kliver försiktigt upp ur vagnen och ser sig omkring. Det här är alltså världen utanför anstalten. Ett gäng män går förbi, de kollar in henne och en av dom busvisslar åt henne.

– Vad var det där? frågar hon Keith osäkert.

– De tycker att du är snygg bara. Ta det som en komplimang, svarar Keith och ger ifrån sig ett manligt litet skratt. Han ser nöjd ut och ler mot henne. Hans leende får det att brinna i hjärtat på henne. Hon var som en svamp som sög åt sig minsta lilla vänlighet ifrån Keith. Hon var så desperat efter omtanke och kärlek.

– Dags att gå in och sätta oss i bilen, säger han belåtet och daskar till Roxanne på rumpan.

Hon känner igen den där blicken han ger henne. Han är sugen på henne. Bilen gasar iväg i full fart och det dröjer inte länge fören den bromsar in framför en röd liten mysig stuga med vita knutar.

Roxanne går ut ur bilen och tittar sig förvånat omkring., Så det är alltså här som Keith bor. Men Keith verkar ha bråttom. Han tar tag i hennes arm och drar med henne in i stugan. Väl inne så lägger han sina händer på varsin kind om Roxanne, tar tag i henne och möter hennes läppar med sina egna. Snart letar sig hans tunga in i Roxanes mun och de hånglar kraftigt med varandra. Han pressar den hårda bulan i byxorna mot henne. Han lyfter upp henne samtidigt som de fortsätter hångla.

Han bär iväg med henne och sätter sedan ner henne i en konstig stol. Det ser ut som en gynekolog stol. Men det finns också som ställen där man kan spänna fast fötterna rakt ut i luften. Han sliter av henne kläderna och börjar spänna fast hennes fötter i stolen. Roxane får en olustkänsla i magen men hon vågar inte göra något motstånd. Det värsta som kunde hända var att han blev arg på henne och det fick bara inte hända. Så hon säger inte ett knyst när han också spänner fast hennes händer vid varsin sida av stolen.

Vad hade han tänkt göra med henne? Var det här den enda anledningen till att han tog med henne hit? Så att han skulle kunna göra något hemskt med henne utan att personalen på anstalten kunde lägga sig i? Nu börjar Roxane känna sig riktigt rädd där hon ligger naken och fastspänd med särade ben. Men hon vågar ändå inte säga något ifall det skulle göra Keith arg.

Keith slickar sig triumferande om läpparna och sedan tränger han sig in i henne. Efter några snabba juck så är han färdig. Men det är inte över där för då sträcker han sig efter gynekologverktygen som ligger på en brits bredvid stolen. Roxane spärrar upp ögonen i panik. Keith ser det och klappar henne lugnande på pannan. Bara den lilla beröringen får det genast att brinna till i hjärtat igen: Det både värmer och lugnar ner henne.

Keith plockar med verktygen sedan tar han på sig skyddsglasögon och tar fram något som ser litet och knöligt ut. Den lyser i en färg som Roxane aldrig sett förut.

– Du får blunda. För om du råkar titta rätt på
den så blir du blind, säger han sammanbitet.

Blind?! Hon vågar inget annat än att lyssna på
Keith så hon blundar och hoppas desperat på
att det snart ska vara över.

– Jag vet hur gärna du vill ha ett till barn,
mumlar Keith när han sätter på sig
latexhandskarna.

– Men du steriliserade dig ju efter ilona?
frågar Roxane förvånat men hon får inget
svar. Snart så känner hon hur han kör upp
intrumenten där nere. Sen kommer en brutal
smärta.

– AAAAHHHH, hon kan inte hejda skriket. Det
gör bara för ont.

– Schh!, säger Keith lugnande och klappar
henne försiktigt på pannan igen.

Roxane hinner inte ens reagera på hans
omtänksamhet för då kommer en ny våg av
smärta.

– MMMM. Hon försöker kväva skriket.

Keith plockar försiktigt ut verktygen som han haft där inne.

– Du kan öppna ögonen nu Roxy, säger han tröstande. När hon öppnar ögonen och ser hur han kollar så omsorgsfullt på henne så blir hon helt paff över hans omtänksamhet. Hon hade trott att han skulle vara arg på henne för att hon råkat skrika av smärtan.

Hon fylls av värme. Hon har väntat så länge på att Keith ska älska henne så som Ben älskar Daisy. Var det nu äntligen som hon fått som hon ville? Men hon hinner inte tänka mer för då kommer en ny våg av smärta. Även fast Keith inte höll på med något där nere längre.

– AAAAAAAHHHHHH, vrålar hon rakt ut för det gör så ont.

Keith kollar på henne med medlidande i blicken och klappar henne på pannan igen.

Vad är det som händer där inne egentligen? Varför gör det så ont? Det liknade ingen smärta som hon någonsin känt tidigare. Men hon vågar inte säga något nu när Keith verkar bry sig om henne. Tänk om hon råkar säga något som får honom att bli arg istället. Hon vill inte förstöra ögonblicket som de nu hade tillsammans. Hur ont det än gjorde. Det här är ju vad hon väntat på så länge. Att Keith äntligen ska visa henne riktig kärlek.

En ny våg av smärta kommer och den här gången är den så stark att hon svimmar.

Hon vaknar upp nerbäddad i en dubbelsäng. Hon sätter sig upp och upptäcker när täcket glider ner att hon bara har underkläder på sig. Keith måste alltså ha burit henne hit, klätt på henne underkläderna och bäddat ner henne. Hon kollar sig omkring, det var ett trångt litet rum. Den stora sängen tillsammans med ett litet nattduksbord på ena sidan var allt som fick plats.

Då kommer Keith in.

–Så du är vaken nu, frågar han belåtet.

Roxanne tittar upp på honom samtidigt som hon desperat försöker läsa av hans ansiktuttryck. Var han fortfarande kärleksfull eller var han sitt gamla jag igen?

-Hur är det med dig Roxy? frågar han sedan ömsint.

Då blir hon genast lugn igen. Han bryr sig fortfarande om henne. Hon lyfter på täcket och fylls med panik när hon får syn på den feta blodfläcken vid hennes underliv. Vad hade han gjort med henne egentligen? Hon kollar förskräckt på Keith. Undrade om han skulle bli arg på henne för att hon blött ner hans säng? Men han bara tittar på henne med den där omtänksamma blicken som han aldrig visat henne innan idag. Kunde det verkligen vara sant? Kunde det verkligen vara så att han älskade henne tillbaka nu? Hon ville men vågade inte riktigt hoppas på det. För hon hade blivit sviken så många gånger då hon trott att han ändrat sig och så var han sitt gamla jag igen sen. Men det var i alla fall skönt så länge det varade.

Den natten sover hon gott i Keiths famn. Men dagen efter vaknar hon upp med en höggravid mage. Hur var detta möjligt? Hon var ju inte gravid igår? Och Keith hade ju steriliserat sig efter att hon blev gravid med Ilona. Men då minns hon vad han sagt dagen innan när hon suttit fastspänd i den där hemska stolen. "Jag vet hur gärna du vill ha ett till barn" hade han sagt under ingreppet. Hur var det möjligt? Och hur kunde det gå så här fort för magen att växa? Och om nu inte Keith var pappan, vem var det då?

En kraftig våg av smärta slår henne som ett slag i magen. Vad det än var som var där inne så ville det ut nu. Hon kollar ner på sitt underliv och upptäcker till sin fasa att det sticker ut en hand där. Det var inte heller någon bebis hand utan det ser ut som ett storvuxet barns hand. AAH, förvåningen och smärtan får henne att skrika rakt ut.

Vad är det som händer med mig egentligen? Keith som ligger och sover bredvid vaknar till av skriket.

– Jaså det är dags nu, mumlar han till för sig själv.

Förlossningen var utdragen och smärtsam. Roxane födde ingen bebis utan en storvuxen liten flicka. Hur nu det var möjligt? Och hon överlevde det också med hjälp av Keiths läkarexpertis.

Kapitel 20: Albins far

Han skyndar sig till mattesalen. Hur kunde han ha försovit sig? Hur hade han varit så dum att han följde med sin rumskompis Alle på de där sista ölen dagen innan? Huvudet bultar av baksmällan. Han går försiktigt in i klassrummet. Alla stirrar på honom, typiskt. Läraren stannar upp under föreläsningen och ger honom en starkt ogillande blick medans Johnny smyger till sin plats. Skammen av att alla kollar på honom och vet att han är sen gör Johnny röd som en tomat i hela ansiktet.

Han tar upp penna och papper och försöker låtsas som att han inte märker att han är uttittad. Det verkade fungera, för en efter en så är blickarna borta. Till slut är hela salens uppmärksamhet riktad mot läraren, så Johnny kann äntligen andas ut och börja fokusera på matten han också. När han väl fokuserar på matten så försvinner allt runt omkring. Det är så roligt att lösa talen. Det känns precis som att lägga dit sista biten i ett pussel och beskåda det helt för första gången för varenda tal han löser. Så det roliga är snabbt över när han till sin förvåning hör skolklockan ringa till rast. Men ringsignalen följs av ett meddelande.

"Kan Johnny Tailor komma till expeditionen snarast möjligt?"

Det är ju han! Vad kunde möjligtvis ha hänt? Han fick hindra sig ifrån att springa dit med gråten i halsen och smyger därför tyst och försiktigt bort till expeditionen. Men vad sjutton kunde det här handla om? Kanske hade någon från klassfesten skvallrat om att han testade ketamin för första gången i helgen. Skulle han bli tvungen att lämna urinprov till skolan? Fast alla tog ju det på den där festen. Nästa tanke gör honom förbannad för i sådana fall måste någon jävel som själv tagit droger skvallrat på honom. Han vill spänna sig och slå med näven i luften av ilskan. Men han lyckas tygla sin frustration med tanke på rädslan att kanske se ännu skyldigare ut. Om nu någon hade skvallrat. På expeditionen möter han en gammal tant med mungiporna hängandes nere vid hakan av åldrande förtvivlan.

Men ingen hade skvallrat. Det var tydligen bara det perfekta tillfället för hans far att bestämma sig för att låta sin son växa upp genom att kapa av honom ifrån familjens pengar. Farsan hade väl en ålderskris eller något sådant galet. Men skulle han? Arbeta? Nej, aldrig i mitt liv! Det måste finnas något enklare sätt att få tag i de där pengarna.

Det gäller bara att vara smart nu. Hm, jag skulle ju kunna bli en sådan där försökskanin när de testar nya mediciner och sådant. Det kan jag väl ändå stå ut med? Några veckors biverkningar men sedan stora pengar utan att behöva anstränga sig. Han bestämmer sig för att bli en försökskanin och ger sig av dit efter skolan.

Men den glädjen fick ett abrupt slut när han blev insläppt i anläggningen av en iskall nästan lite robotaktig kvinna. Magkänslan skriker åt honom att något är fel. Men han försöker automatiskt kväva känslan och låtsas istället som att den inte finns. Oron tar ytterligare ett tag om honom när går genom säkerhetsdörr efter säkerhetsdörr.

Han föses tillslut in i ett rum med ett litet bord med två tillhörande stolar. På stolen mittemot honom sitter det en belåten hånfull man med armarna i kors. Mannen får syn på Johnny och ler åt honom. Ett förskräckligt leende fullt med sylvassa huggtänder. Hm, vad var det här för test egentligen? Adrenalinet pumpar för fullt i kroppen på honom när mannen lugnt men helt känslolöst böjer sig fram mot honom och viskar honom i örat.

– Jag ska visa dig vart jag kommer ifrån.

Plötsligt sveper en rysande vindpust förbi som lämnar den oroväckande känslan av total svarthet. Och i samma ögonblick är hela hans omgivning svartare än vad han någonsin trodde var möjligt.

Han släppte aldrig den här upplevelsen ifrån hans ungdom. Han var traumatiserad och som besatt av att hitta en vetenskaplig förklaring till det han varit med om. Idag har han både en fru Mary och en liten son Albin. Han älskar dem både oerhört, men det finns fortfarande en sak som uppslukar större delen av hans tid och hans sinne. En förklaring på all den ondska som varelsen visat honom. Han hade aldrig längre tid att leka med sin son. På dagarna var han tvungen att arbeta som läkare på ett mentalsjukhus för att få in pengar till mat och resten av sin tid spenderade han i sitt arbetsrum där han utförde olika slags vetenskapliga experiment.

Den här gången hade han lyckats blanda mänskligt DNA med någon sorts DNA ifrån den ondskan som han studerat i större delen av sitt liv. Enda sen ungdomen då han fick besök av mannen med huggtänder.

Han hade lyckats skapa en kuvös där barnet låg i bara några timmar innan den var lika stor som en niomånaders stor bebis. Det måste vara den okända ondskans DNA som utvecklas så fort.

– Hm, intressant, grubblar han för sig själv och skriver i sina anteckningar.

Då flyger dörren upp och lille Albin springer in.

– Pappa, pappa, lek med mig. Jag har inte sett dig på jättelänge, ropar Albin med den där oskuldsfulla rena glädjen som bara barn har.

Johnny blir genast arg.

– UT! Ut härifrån, skriker han och ser när glädjen i Albins små ögon dör och ögonen fylls med tårar när han sjunker ihop och sakta går ut därifrån.

Han fylls med skuldkänslor men det var för Albins bästa. Han vill inte blanda sitt ondskefulla arbete med sin fina familj. Dessutom så är han snart klar med sitt arbete och efter det kommer han ha tid att leka med sin son.

Han går fram till kuvösen och plockar ut bebisen. Den ser så mänsklig ut. Han döper den till William i sina anteckningar. Men när lilla William öppnar ögonen för första gången så fylls Johnny av skräck. Han kan se så mycket ondska i de där blodsprängda små ögonen. Rädslan får honom att skaka i hela kroppen.

Hans händer darrar när han injicerar sin skapelse med dödens kyss. Rädslan finns fortfarande kvar inom honom när han sakta ser livet försvinna ur de ondskefulla små ögonen. Hur hade han kunnat låta det gå så här långt? Han var bara en simpel vetenskapsman och inte gud. Rädslan håller honom fortfarande kvar i ett obarmhärtigt grepp medans hans magkänsla skriker åt honom att allt var långt ifrån över.

– NEEJ! Hör han hur någon skriker bakom honom.

Han hoppar till av skräck och vänder sig hastigt om för att se vem det är som står bakom honom. När han ser vem det är så blir han helt svimfärdig. Det är mannen med huggtänderna.

– Du dödade min son så nu ska jag döda din, väser mannen fram med rått hat i rösten.

–Nej snälla rör inte Albin. Han har ingenting med det här att göra. Det var jag som gjorde misstaget så kan du inte bara straffa mig istället? Får han bedjande fram.

Mannen bara hånler åt honom med sina huggtänder blottade. Sen bubblar ett ondskefullt rått skratt fram och Johnny hör ljudet av ett piano som spelar. Utan att han förstår hur så börjar hans fötter följa pianomusiken. Han känner sig som ett får på väg till slakt där han går motvilligt mot musiken och hör mannens ondskefulla nöjda skratt bakom sig. Han försöker stanna men fötterna bara rör sig emot hans vilja.

Herregud!, vad tänker han göra med mig? Han darrar som ett asplöv hela vägen fram till en fallfärdig liten stuga. Fötterna tvingar in honom i den trasiga lilla stugan. Men så fort han tagit ett steg in så upptäcker han att det inte alls är samma hus som det ser ut att vara utifrån. Här inne är allt mycket större. Han följer pianomusiken genom en lång välupplyst korridor med många olika dörrar på sidorna. Fortsätter rakt in i ett tomt grått rum. Väl inne så märker han att rummet inte är helt tomt. På golvet framför honom står det en gammal sliten sjukhussäng. Hans fötter tvingar upp honom i sängen. Han lägger sig ner och upptäcker att han inte längre kan röra kroppen.

Ena stunden så är han ensam inne i det gråa dystra rummet men i den andra så står plötsligt mannen med huggtänderna framför honom med många slangar i händerna. Mannen börjar skratta högt, och samtidigt som han börjar skratta så blixtrar rummet till och bländar Johnny. Det ondskefulla skrattet, blandat med hur hela rummet blixtrar som något sorts discoljus, får Johnny att känna starkt obehag. Mitt i allt så sträcker mannen ut armarna med slangarna i sina händer och slangarna flyger upp i luften.

De flyger runt ovanför honom en stund och sedan stannar de tvärt och störtdyker rakt ner mot honom i världens fart. Smärtan när slangarna tränger sig rakt in i hans kropp är obeskrivlig. Slangarna är inte stilla för en sekund så smärtan slutar aldrig att upphöra.

Men efter ett tag så slutar mannen att skratta och pekar upp i taket. Johnny kämpar mot smärtan och kollar upp i taket. Det ser ut som att det är en stor TV i taket. Men när han tar en närmare titt så upptäcker han att det är Albins liv han får följa i "TV:n".

–Nu får du ligga här och kolla på när jag sakta och plågsamt dödar din son. Utan att du kan göra något åt det, säger mannen med en skadeglädje och sedan försvinner han lika plötsligt som han dykt upp.

Kvar ligger Johnny i en nerblodad gammal sjukhussäng med många slangar som genomborrar hans kropp. Dömd att titta på när mannen dödar hans älskade lilla son, som han aldrig spenderat särskilt mycket tid med.

Åh vad han ångrar att han aldrig haft tid för lilla Albin. Tårarna rinner förtvivlat när han tänker på det sista han sagt till Albin. För att inte tala om ångesten han känner över att han fört in den här ondskan i deras liv. Nu skulle lilla Albin få sota för sin pappas synder.

Han fick också se på när hans familj sörjde hans försvinnande. De visste ju inte om han lämnat dem frivilligt eller om det hade hänt något. Ju mer tiden gick desto mer var byborna i Scissors på dem om att han måste ha lämnat dem av fri vilja. Det var det sista han ville att de skulle tro men han kunde ju inte göra något åt saken. "TV:n" i taket visade också hur hans korkade assistent Keith tog upp hans arbete efter att Johnny dödat William. Han såg det hemska hända men var oförmögen att göra något åt saken. Det här var hans straff för att han fört in ondskan i denna värld.

Kapitel 21: Slutet

Pojken vaknar till av en stark obehagskänsla i magen. Han kryper ner under täcket och kramade om sin nallebjörn hårt i famnen, men det gick ändå inte att somna om. Obehagskänslan var alldeles för kraftig. Nyfikenheten tog över rädslan och han satte sig upp i sängen, fortfarande med nallebjörnen i famnen. Rummet var helt kolsvart. Han tvekade ett tag men sen så sträckte han sig efter sänglampan. Men det skulle han snabbt få ångra för det han fick se var så otroligt fruktansvärt.

Utanför fönstret stod en man, bara åsynen av honom gav pojken rysningar i hela kroppen. Mannen pekade på honom och gestikulerade sedan men fingret att han skulle skära halsen av honom. Sedan log han stort med munnen full av huggtänder. Pojken frös till is, men medvetandet kom ikapp honom och han började skrika. Tårarna sprutade ur ögonen på honom när han sprang in i sin mors sovrum "Mamma! Mamma! Rädda mig!"

Hans mor bara log åt honom och sa ömt:

-"Det är nog ingenting ska du se lilla hjärtat, kom så går vi och ser efter".

Hon tog hans lilla hand i sin och gick bort till hans sovrum. Där ställer hon sig vid ingången och ber honom, med sådan betryggande röst hon kan, visa henne vad som skrämt upp honom så. De går fram till fönstret tillsammans hand i hand när pojken stelnar till av fasa. Pojken samlar mod till sig. Han höjer fingret och pekar ut på gubben som stod där med ett ondskefullt hånflin.

-Vad kollar du på hjärtat? Där ute finns ingenting, Det är nog bara din fantasi som skrämmer upp dig i onödan, Svarar hon till pojkens förvåning. Hon verkar inte lägga märke till hur upprörd mannnen utanför blir då hon lugnt och stillsamt drar ner persiennerna.

"Ingenting där ute kan nå dig så länge du har dina magiska persienner nere" säger hon lugnande. Sedan bäddar hon ner honom i sängen och ger honom en puss på pannan.

Men så fort hans mor gått ut igen så fylls hela rummet av skräck. Då hör pojken tydligt knackningar på fönstret och en röst som väste in igenom den lilla glipan i fönsteröppningen:

"En vacker dag ska jag lyckas döda dig gosse lilla"

Men han minns vad hans mor precis sagt. Att mannen inte var på riktigt. Det var bara hans fantasi. Och mamma vet ju allt som finns att veta eller hur? Så han låg i sängen med "Fuzzie" hans kramdjurs- hund hårt tryckt i famnen hela den kvällen. Och hanförsökte att få en blundi ögonen trots oväsendet ifrån fönstret.

Han vaknade till med ett ryck. Det var nu den andra natten i rad som han drömt om det hemska minnet som han annars helt hade glömt bort. Men den här gången hade han fått uppleva lite mer av det minnet.

Han vände sig om stelnade till fylld av skräck. Fuzzie! Där bredvid honom i sängen, mittemellan honom och en tungt sovande Ilona så tittade Fuzzie upp ifrån ingenstas. Kunde han tagit med sig Fuzzie ifrån sin dröm? Nej! Var inte fånig nu. Självklart så måste Fuzzie ha legat där hela tiden. Men något kändes ändå inte helt rätt.

Han tittade upp mot fönstret och ville nästan svimma när han såg texten

"You belong to me"

skrivet i fukten på rutan Inte spegelvänt. Hans hopp om att det kanske var Ilona som försökt jävlas med honom dog tvärt när han tydligt kan se att texten var skrivit utifrån. Någon måste ha stått där precis nyligen! Han drog ner persiennerna i ett försök att lugna ner sig själv. Men det spelade ingen roll. Han kände sig fortfarande iakttagen. Som om någon står utanför och stirrar in genom ett av de många små hål som gör sig smärtsamt påminda där solens strålar tränger in igenom dem. Det var omöjligt att skaka av sig känslan av iakttagelsen där inne på rummet så han klev instinktivt ut och lämnade Ilona bakom sig då han smet in i sin fars gamla arbetsrum.

När han vettskrämd vågade sig in på kontoret hittade han till sin förvåning en dammig och välanvänd anteckningsbok. Den liknade en magisk förbjuden trollkonstbibel som är så svår att inte snoka i. Han öppnade den och började läsa medans dammet yrade runt omkring honom. Han insåg efter många minuters läsande att det sista nedskrivna memoarerna och illustrationerna var av ren hjärtskärande fasa .Att hans far hade haft den förbannade oturen att upptäcka hur man får tillgång till universums reserver av ren råodlad och skär ondska. Denna ondska var så kraftfull att den var en alldeles för torterande tung för en mänsklig själ att uthärda.

Han går in på sitt rum igen. Nu vet han vem mannen med huggtänderna som dykt upp i hans drömmar är. Det är samma man som visade hans far hur riktig ondska såg ut. Han visste att han borde vara rädd, men all rädsla var så översvämmande att han inte märkte av den. Han hör svag pianomusik utifrån så han öppnar fönstret och hoppar ut.

Duns!

Fan vad klantig han var. Men smärtan försvinner snabbt så fort han hör pianomusiken igen.

Ilona vaknar till av dunsen och förstår snabbt att det var Albin som gjort lätet. Hon klär hastigt på sig och följer efter honom. När hon hoppat ut ur fönstret så hör hon också pianomusiken och hennes fötter börjar också följa efter musiken. Snart dyker hon upp vid en torftig liten stuga. Men det hörs tydligt att musiken kommer där inifrån så hennes fötter trevar in i det lilla huset.

Men så fort hon kommit in i stugan så ser hon plötsligt att det inte är samma hus längre. Här inne är allt stort och det höga taket är dekorerat med nakna änglabebisar. Golvet är täckt med stora röda fina mattor.

Hon följer musiken genom en lång välupplyst korridor full med dörrar på vardera sidan om henne. Ingen av dörrarna är den andra lik och de är även i olika storlekar allihop. Efter ett tag så märker hon att golvet börjar luta. Men det var inget problem för nu istället för dörrar på väggarna bredvid henne så finns det räcken på sidorna där hon kan hålla sig i medans hon balanserar sin väg fram genom korridoren.

Hon får syn på bebisfotsavtrycken målade på golvet framför henne. Utan att tänka så följer hon istället efter fotavtrycken.

Dom leder henne till en liten dörr med gyllene små byggklossar runt en björn. Hon hukar sig ner och kryper in genom dörren. Så fort hon krupit in genom dörren så hör hon en bebis gråta. Hela rummet ser sorgligt ut. Bredvid henne står en ljusblå gammal byrå med ena byrålådan utdragen. Lådan är full med små bebisskor. I ett hörn står ett ljusblått välanvänt gammalt skötbord och bredvid står det en ljusblå ranglig gammal spjälsäng.

Hon hör att bebisgråten kommer ifrån spjälsängen så hon tar några tveksamma steg ditåt. Nerbäddad i sängen ser hon en liten bebis som ligger och gråter för allt vad han har med hoppressade ögon. Hennes modersinstinkter tar över så hon böjer sig ner och plockar upp bebisen i famnen. Då öppnar han plötsligt ögonen och tittar på henne med sådana ondskefulla blodsprängda små ögon. Skräcken slår henne och hon tappar vettskrämt ner barnet i sängen igen. Då vaknar hennes hand till liv och rör sig ofrivilligt. Handen håller plötsligt i en spruta som hon injicerar barnet med. Sen ser hon hur bebisen stänger ögonen och somnar in. Det läskiga var att han såg ut som en helt vanlig oskyldig liten bebis när ögonen var stängda. Chocken över vad hon precis hade gjort slår henne och hon tappar sprutan i golvet.

Hon backar försiktigt mot dörren och kryper chockerat ut därifrån. Tankarna på bebisen försvinner när hon hör pianomusiken igen. Hon börjar dagdrömma om läskiga små kaniner som dansar till musiken och ler hemska små leenden med munnarna fulla med huggtänder. De slutar dansa och börjar istället slita varandra i stycken med sina tänder.

– AAAHH! Hör hon plötsligt hur någon skriker och hon vaknar upp ifrån sin vidriga dagdröm. Skriket kommer ifrån ett av rummen lite längre fram. Hon springer dit och möts av en grotesk syn när hon får se en man och en kvinna i varsin sjukhussäng helt nakna och med många slangar som gick rakt igenom dem. Slangarna är inte stilla för en sekund och man kan tydligt se smärtan i deras ansikten. Vänta nu. Mannen ser faktiskt bekant ut. Kan det verkligen vara Albins far? Vem är kvinnan i svart hår som ligger brevid honom skriker av smärta? Albins far verkade ha accepterat smärtan medans kvinnan fortfarande ligger och kämpar emot. Kvinnan tittar upp på Ilona och hon ser tydligt hur någonting händer i kvinnans ögon.

–Ilona, utbrister kvinnan.

Ilona stannar upp och iaktar kvinnan. Hon ligger där i sjukhuskläder medans Albins far verkar ha vardagliga kläder på sig och en labbrock.

– Vv vem är du, stammar Ilona fram. Hon vet inte hur hon ska bete sig inför kvinnan som ligger där i sådan smärta och helt klart vet vem hon är.

–Mitt namn är Roxane Beffsen och jag är en nära vän till dina föräldrar, skriker kvinnan ut smärtfullt. Ilonas ögon tåras.

– Mamma, utbrister hon och tårarna sprutar av lycka. Hon vill bara springa in och krama om Roxane men hon vågar inte röra henne ifall hon skulle råka komma emot sladdarna som redan ligger och skadar henne.

–Jaa, skriker Roxanne ut och börjar gråta även hon.

– Men mamma, jag måste bara kolla vart Albin tagit vägen. Jag kommer tillbaka hit så fort jag kan, säger Ilona bestämt efter ett tag.

– Flickan, skriker Roxane ut.

– Vad är det med flickan, frågar Ilona förundrat. Hon hade ju hört Albins hemska beskrivningar om den där flickan som inte hade något namn.

– Flickan är din syster. Skada inte henne, skriker Roxane ut.

Flickan är min syster. Det kändes så overkligt, hon som hade letat efter en nyfödd bebis. Hur var det möjligt? Flickan var ju i alla fall några år gammal och Roxane var gravid nyligen.

– Okej mamma, jag lovar, intygar Ilona. Sedan går hon ut från det hemska tomma lilla gråa rummet. Hennes fötter börjar automatiskt att följa pianomusiken, den leder henne fram till ett öppet rum. Hon tar försiktigt ett steg in och ser en liten flicka som sitter och spelar piano. Det måste vara flickan som Roxane pratade om. Hon går fram och lägger handen ömt på flickans axel.

– Hej lillasyster, säger Ilona och fnissar till. Då slutar musiken tvärt och flickan vänder på huvudet för att titta på henne.

Då möts Ilona av likadana ondskefulla små blodsprängda ögon som bebisen hon mördat nyligen. Flickan pekar in i hörnet på det långa rummet. Det var så långt att Ilona fick anstränga sig för att se vad som hände där borta i hörnet.

Det var en varelse som bestod av hur många saxar som helst i olika storlekar som var fastsatta i varandra och klippte åt alla möjliga håll. Hon fick plötsligt en förståelse över hur läkarna på mentalsjukhuset där flickan satt hade dött. Efter att ha blivit helt sönderklippt av den där maskinen så kan det inte finnas mer än köttslamsor kvar.

Fastkedjad framför den otäcka varelsen ser hon Albin. Han sitter fastkedjad i en stol och varelsen kommer bara närmare i en sakta fart. Hon går shockerat fram emot honom för att hjälpa honom. Men då rycker flickan henne i armen och tittar på henne med vanliga oskyldiga små barnögon.

– Din feta äckliga, häver Albin ur sig när han ser henne. Flickan skrattar till.

– Det är John, säger hon och ler samtidigt som hon skruvar en av sina blonda små korkskruvar runt fingret.

– Vem är John, frågar Ilona förvirrat.

- Käften med dig jävla äckel, väser Albin till
Ilona.

- Min mästare, svarar flickan och kollar på
Albin med beundran. Då får flickan plötsligt
tillbaka de där äckligt ondskefulla
blodsprängda ögonen.

- Hjärtat, utbrister Albin och ser plötsligt
lycklig ut.

- Du säger att du är min syster men du har
aldrig brytt dig eller funnits där för mig väser
flickan. Hon spottar aggresivt iväg en loska
som flyger rakt in i skuggan som tog över den
andra halvan av det otroligt långa rummet.

Vad är det som gömmer sig där i skuggan
egentligen? Men hon fokuserar snabbt på
Albin som fortfarande sitter fast i stolen
framför den hemska maskinen.

- Din feta hora, vrålar Albin till Ilona.

- Vill du komma och leka med mig och John?
frågar plötsligt flickan med de oskyldiga små
barnögonen igen och med ett stort leende på
sina läppar.

-Om jag leker med dig och John, kan ni låta Albin gå då? frågar Ilona.

– Jävla fetto, väser Albin ur sig.

– Hmm, säger flickan och man ser på henne hur hon verkligen sjunker ner i djupa tankar.

– Okej, säger hon sedan snabbt med ett glatt flin.

– Hjärtat, flämtar Albin till Ilona.

– Nej! Han är dömd till samma öde som min lilla William som du precis mördade, säger flickan bestämt och kollar på henne med de röda ondskefulla ögonen.

Ilona börjar gråta och faller ner på knä.

– Du kan inte låta honom dö, säger hon ångestfyllt.

När flickan ser kärleken som Ilona visar för Albin så blir hennes ögon vita och normala igen. Saxarna slutar klippa och stolen som Albin sitter i stannar upp. Flickan räcker fram en nyckel emot Ilona.

– Gå och släpp honom fri syster min, säger flickan och ger henne ett leende som känns mer vuxet än hennes ålder.

Ilona sträcker sig efter nyckeln och springer bort till Albin för att släppa fri honom. Ilona och Albin är helt tysta och står bara och kramar varandra en lång stund. Flickan springer fram till dom, skrattar barnsligt och kramar om dom bakifrån.

De går ut från rummet alla tre samtidigt som de alla håller i varandras händer. Då kommer Ilona på att Roxane och Robins far fortfarande är fast i ett rum längre ner här i huset.

Flickan ska nog inte behöva ser hur de ser ut med alla slangar igenom sig. Hon för Albin åt sidan och förklarar läget för honom. Man ser att han blir både glad och chockerad av nyheten om att hans far fortfarande lever. Men han håller med om att Flickan inte borde få se den synen så dem. Han ber henne att stanna där en stund. Men då räcker flickan fram en guldglimmande fin gammaldags sax åt dom.

– Ni kommer att behöva den här, säger hon med vuxet allvar på rösten.

Ilona tar chockerat emot saxen. Det var som att flickan hade två olika personligheter, en vuxen och en fortfarande det barnet som hon är. Flickan lovar att stanna kvar vad hon än hör för något. Men med tanke på att hon visste att de skulle behöva saxen så visste hon säkert redan hur det såg ut.

Ilona och Albin springer ner emot rummet där det nu hördes skrik ifrån. Albin stelnar till när först får syn på sin far och i vilket skick han var i med alla slangar i sin kropp. Ilona springer fram till honom och börjar klippa av slangarna medans Albin fick det svåraste jobbet, att slita ut stumparna. Nu skrek till och med Albins far. Det var hemskt att höra dom skrika men så fort slangen var ur såret så läkte det ihop lika snabbt igen. Dom hade inget annat val än att klippa slangarna och dra ut stumparna.

Slangarna var i något konstigt material som ingen av dom stött på tidigare. Den speciella saxen som de fått av flickan behövdes verkligen. Ilona suckar när hon undrar för sig själv hur mycket flickan sett av Johns ondska.

När slangarna är klippta, stumparna utdragna och såren är läkta så ställer sig Roxane och

Johnny och bara och tittar på varandra. Sedan så går de fram till varandra och kramar om varandra med en lång och tyst kram.

Men när Roxane lyfter upp ansiktet och ger Johnny en kyss så ryggar Albin tillbaka. Han vet ju att hans mor aldrig slutat vänta på att hans far ska komma tillbaka. Ilona blir bara glad av synen. Hon förstår att de måste ha bildat ett band under all smärta som de varit med om tillsammans. Sedan vänder de på sig. Johnny går bort till Albin och ger honom en kram, Roxane gör likadant när hon går bort till Ilona. Då tar Ilona Roxanes hand och visar henne bort till flickan som fortfarande står och väntar på dom. Flickan ser så söt och oskyldig där hon står med sina blåa stora ögon och sitt axellånga hår fullt med korkskruvar. Roxane fäller en tår av lycka när hon får syn får på flickan.

Flickan tittar upp på Roxane men så fort hon får syn på henne så blir hon förskräckt.

– Du sålde mig som försökskanin till den där Keith Wild, säger hon och spänner blicken i Roxane.

–Lilla hjärtat, det har aldrig hänt. Keith stal dig ifrån mig, avbryter Roxane tvärt.

Då förändras flickans blick. Hon ser på Roxane med ögonen fulla av förvirring. Man ser hur hon flackar med blicken när tankarna bara flyger förbi i huvudet på henne. Flickan hade ju redan fått lära sig att hennes uppfattning inte alltid var den rätta. Som hur hon mindes att hon flydde ifrån Keith Wild när hon egentligen mördade honom och bröt sig ut med en kofot. Men det var ju när John hade tagit över hennes kropp. Det här var ändå lite annorlunda. Men hon såg Ilonas kärlek till Roxane när dom kramade om varandra och då släppte flickans paranoia en aning. Sedan står de snart samlade hela familjen och ger varandra en stor gruppkram. Längre fram står Albin och kramar om sin far.

Då hörs fotsteg längre bort i korridoren. Ilona ser hur Albin och hans far stelnar till och ser ut att häpna av förvåning när de verkar fått syn på någonting längre fram. Nyfikenheten tar över och hon börjar gå med snabba fotsteg bort emot Albin och hans far. Hon var beredd på det värsta. Hon stannar till när hon ser vem det är som kommer gåendes. Mary Tailor, Albins mamma. Mary går fram till Johnny och försöker kyssa honom men Johnny ryggar tillbaka och avbryter kyssen. Ilona tappar andan och kollar bort på Roxane som sitter på huk och pratar med flickan en bit bort. Plötsligt hör hon hur Mary börjar gråta där framme. Johnny måste ha sagt något som gjort henne ledsen. Ilona tittar på Albin står och håller om sin mor samtidigt som han blänger med ursinniga ögon på sin far. Ilona går tveksamt fram till Albin och lägger ena handen på hans axel för att försöka stötta honom, vad det nu än var som hade hänt.

– Jag har aldrig slutat vänta på dig, hör hon hur Mary snyftar fram. Varför var hon så ledsen för i sådana fall? Hon borde ju vara glad över att Johnny är tillbaka. Johnny ser så otroligt ledsen ut, men han säger ingenting. Blicken leder bort till Roxane och Mary ser det.

–Vem är hon? frågar Mary ynkligt. Det är hjärtskärande för Ilona att se Mary så här ledsen, hon var ju en sådan person som brydde sig så mycket om de runtomkring henne.

Ilona hade ofta suttit och iakttagit Mary och Albin ifrån huset där hon bodde med Ben och Daisy. Hon var så avundsjuk när hon såg kärleken som Mary visade Albin. Hon hade ofta också fantiserat över hur det skulle vara att vara Marys dotter och bli älskad så som hon sett att Mary älskar Albin. Nu hade Ilona fått en ny chans med sin riktiga mamma. Mary spänner blicken på Johnny och väntar frustrerat på ett svar ifrån honom. Tystnaden är outhärdlig.

– Det här är min riktiga mamma, avbryter Ilona i tystnaden.

Albin vänder på huvudet och tittar bak på henne en stund utan att säga något. Va? Hade hon gjort något fel nu? Hon tyckte bara så synd om Mary som stod och väntade på ett svar som aldrig verkade komma.

– Mary gumman, du måste förstå att jag aldrig menade att såra dig, stammar Johnny fram till slut. Sedan går han bortåt mot Roxane och tar hennes hand i sin. Roxane blir helt chockad över den kärleksfulla gesten, Hon hade ju aldrig varit med om något liknande. När Mary får se detta så vänder hon sig hastigt om och går bort mot utgången.

Man ser hur hon går och skakar som att hon gråter, sen så ser man hur Albin går efter och håller om henne. Varken Albin eller Mary verkar uppskatta vad som blomstrat fram mellan Johnny och Roxane under den tiden de varit fångade här tillsammans. Ilona känner

sig kluven, hon vet inte om hon ska vara glad
för Roxanes skull eller besviken för Albins tur.

Ilona tar flickans hand och börjar gå mot
utgången hon också. Hon låter Johnny och
Roxane vara för sig själva nu en stund. Hon
var faktiskt glad för Roxanes skull. Hon hade
ju ingen aning men hon tyckte det kändes
som att Roxane verkligen behövde det här.

Då märker Ilona hur det ena av hennes
skosnören har gått upp, det ligger i vägen och
studsar åt alla håll när hon går. Så hon
släpper flickans hand en stund och sätter sig
ner på huk för att knyta skorna.

När ingen ser så blir flickans ögon
blodsprängda och ondskefulla. Hon tittar bort
på Albin och viskar knappt hörbart:

– You belong to me.

The silent war

Every day we fight, the silent war within us
Like warrios in our own shells,
Searching for a light, it's never here with us
The rotten truth it really smells,

Feasting on each other, but the pain won't go
away
Never let them reach you,
Now feel the strength, beacuse I'm here to
stay
Be hopeful, be brave you

It's the only way you'll win

EHP